讓愛撒嬌的大姊姊教官養我，是不是太超過了？4

米亞・塞繆爾

提爾在訓練生時代的教官。
雖然終於確認提爾與自己兩情相悅，
但與惡魔的最終決戰已迫在眉睫——？

「這打扮……小提還喜歡嗎？」

路米娜
「好啦，該跟人家玩解剖遊戲了吧？」
「只要提爾開口，我什麼都願意喔？」
莎拉
「這樣子，當然沒問題。」

提爾歸來
女角大集合
「嗯。我等這一天好久了。快點跟我上床吧？」
「提爾！歡迎回來！」
撒旦妮亞
艾爾莎
夏洛涅

向教官告白
「小提，謝謝你
……我好開心。」

讓愛撒嬌的大姊姊教官養我，是不是太超過了？

amaetekuru toshiuekyokanni yashinattemoraunoha yarisugidesuka?

4

神里大和
Kamizato Yamato

插畫：小林ちさと
Kobayashi Chisato

Kadokawa Fantastic Novels

彩頁、內文插圖／小林ちさと

【目錄】

序章　如火如荼

「呼，真是累壞了。」

在我身旁，米亞教官嘆息道。

臉上掛著藏不住的疲勞。

這也不能怪她。

教官的身分是自由接案的葬擊士，最近討伐惡魔的委託接踵而來。剛才她前去完成的委託已經是今天的第五件，接下來還要在午後的藍天底下，一路趕往帝都東部，準備著手處理第六件委託。

「為什麼討伐惡魔的委託會突然增加……？」

「因為惡魔的活動變得更頻繁了吧？」

我扛著狙擊槍與教官一同行動，如此回答後，教官手扶著下巴，歪過頭。

「嗯～……不過為什麼惡魔的活動變得這麼頻繁？」

那確實讓人感到不可思議。惡魔的活動頻率出現了堪稱急遽的變化，威脅度相較過去顯然大幅增加。不只是我和教官，帝都全區的葬擊士協會都忙得不可開交。

「活動頻繁的可能原因……要不是我就是撒旦妮亞吧？」

「……為什麼？」

「我現在能夠自由啟動血之活性，再加上撒旦妮亞的背叛——這兩件事對惡魔方想必都稱得上威脅，大概是想趁我和撒旦妮亞尚未熟悉聯手出擊，搶先擊潰帝國吧？」

「提爾說的是有道理。不過……」

說話聲突然介入我們的對話——

「我覺得那些傢伙根本不把我當成威脅就是了。」

說話聲來自撒旦妮亞。現在她隱藏了角與翅膀，擬態為人類的模樣。

身為前極星一三將軍的最高階惡魔。

背叛了惡魔而選擇與我攜手同行，我昔日的保姆。

撒旦妮亞也從一大早就與我們結伴行動。

「光看上次現身的格刺西亞·拉波斯，那些傢伙們已經事先準備了針對我的手段。我大概已經不被放在眼裡了。」

「既然這樣……惡魔單純只是對小提感到威脅，為了讓小提分身乏術，才會從多個方向同時進攻，想攻陷帝國？」

「大概吧。」

撒旦妮亞同意教官的推測。

「這個國家──艾斯提爾德帝國是最靠近惡魔領域的人類領土，就算沒有提爾的問題，惡魔也本來就想要盡早攻陷吧。」

「作為滅絕人類的第一步，想把帝國當成他們的前線基地？」

「正是如此。」

撒旦妮亞點頭同意，但也這麼繼續說：

「不過老實說，我完全不懂路西法究竟在盤算什麼，所以我也不敢一口咬定自己的預測正確。」

不知道路西法究竟在策劃什麼。

路西法是統領惡魔的王者，同時也是我的父親。

那傢伙和並非惡魔的某人交合，創造出我這般的存在。之後卻又不把我留在身邊，不知為何放逐至人類領土。

而放逐的理由是連撒旦妮亞都不知情的機密事項。

若要得知與我的出生有關的祕密，恐怕得直接去問路西法本人了吧。

「哎，無論如何都該先提高警覺。」

撒旦妮亞說得頭頭是道，隨後對教官投出瞪視般的眼神。

「乳牛女，特別是妳。」

「乳、乳牛女這個稱呼可不可以請妳換掉……？」

「哼，給我住口。既然妳自稱想與提爾並肩作戰，只不過花上半天解決掉不用兩隻手就能數完的委託罷了，不要長吁短嘆。有夠丟臉。」

「我、我知道啦。」

「還不快點打起精神來？背脊挺直。」

「這、這樣就可以了嗎？」

「雖然姿勢端正，但這大而無用的胸部是怎麼回事？想對我炫耀是吧？」

「才不是！只是自然就很醒目而已！」

教官和撒旦妮亞不知在爭論什麼。

雖然她們的關係應該不算差，但是撒旦妮亞一找到機會就會對教官碎碎念，所以容易引發衝突吧……

「想用妳那巨乳來誘惑提爾也沒用！只要我的眼睛還是紅的，我就會親手攔阻色慾的誘惑！」

「我、我才沒有誘惑呢！話說妳該不會……現在這樣跟我們同行，其實是為了監視我？」

「妳明知故問嘛。」

雖然這絕非值得炫耀的動機，但撒旦妮亞神氣地挺起了平坦的胸脯，鼻子猛然哼氣。

「為了不讓妳有機會染指我的提爾，我才會像這樣監視著妳。」

「我的提爾是什麼意思啊？」

我不由得問道，撒旦妮亞理所當然般回答：

「唔？因為事實如此啊。是我一手把你養大的。當然可以稱呼我的提爾。」

「這理由不嫌太蠻橫了嗎？」

「沒這回事！我的提爾就是我的提爾！」

「聽起來好像溺愛的家長一樣，很丟臉。拜託別在外頭一直這樣喊。」

「唔～用不著害羞也沒關係的說。」

「因為問題不只是這樣啊。」

撒旦妮亞的存在是絕對機密，不能讓任何人發現。也因此，我不希望她在外頭輕易說出與我之間的關聯。

「這也有道理。不好意思。」

明理的個性值得讚賞。

在撒旦妮亞道歉之後，我們為了前往今天第六件委託的現場，來到了帝都中央車站。不過就在這時——

「——啊，提爾。你來得正好。」

突然有人叫住了我，我轉頭向後。

站在我身後的是教官的同僚，瑟伊迪小姐。瑟伊迪小姐的工作場所是位於車站附近的葬擊士協會帝都中央分局，因此她像這樣找我搭話並不罕見。不過她特地離開工作崗位來此，到底是怎麼了？

「怎麼啦，瑟伊迪？找小提有事嗎？」

首先回應的是教官。

「是的，有些事情。話說旁邊這位孩子是？」

瑟伊迪小姐看向撒旦妮亞。

因為事先隱藏了角和翅膀，她應該不會發現撒旦妮亞就是大名鼎鼎的撒旦妮亞，不過像這樣受她注視，還是讓我不由得心中一驚。

「啊～呃，這孩子是——」

「嗨～！日安，這位大姊姊！我叫莎娜！我是米亞大姊姊的遠房親戚，未來想成為葬擊士，現在為了實習而請米亞大姊姊帶我一起工作！」

撒旦妮亞突然間揮灑燦爛笑容，說出這種話，讓我大吃一驚。沒想到撒旦妮亞居然會主動用這種方法幫忙隱藏身分……

「哎呀，是這樣喔？」

「是、是啊，就是這樣。是我的遠房親戚，我這陣子會照顧她……」

「原來如此。」

看來瑟伊迪小姐接受了這番說法。太好了……

「然、然後呢？瑟伊迪找小提有什麼事？」

「對喔，關於這件事……」

瑟伊迪小姐先這麼說，隨後便看向我。

「接下來要召開一場集會，可以請你參加嗎？」

「……集會？」

「是的。接下來要在中央分局召開。其實我也希望米亞一起參加，不過妳應該正要去完成委託吧？因此之後我會再用文件通知米亞。」

「等一下啦，瑟伊迪。到底是什麼事？」

「要通知重要事項。」

瑟伊迪小姐的口吻沉重。想必是非常重要的通知吧。

「那麼提爾，可以請你跟我一起來嗎？」

「這個嘛……」

我呢喃低吟，看向教官……原本說好要幫忙完成委託，該怎麼辦？

「我沒問題。小提就去參加集會吧。」

「……真的沒關係？」

「沒關係。不用依靠小提，我一個人也能解決。況且老是依靠小提，我就不會變強……」

教官露出望著遠方般的眼神，轉身面向車站。

「就這樣了，回家後碰面吧。」

教官走進車站中。

目送那身影離去後，瑟伊迪小姐說「那我們也出發吧？」邁開步伐的同時——

（我跟著乳牛女一起去。）

撒旦妮亞使用魔力，對我用眼神送出話語。

（總比自己衝進葬擊士的據點要好。）

「我知道了。晚點見。」

於是我和撒旦妮亞道別，邁步前往葬擊士協會帝都中央分局。

走進分局後，職員帶我來到講堂。

眾多葬擊士已經聚集於講堂。遠遠看過去就發現了艾爾莎和夏洛涅的身影，除此之外「七翼」等級的強者們似乎也接到召集了。

寬敞的講堂中現在擠滿了葬擊士。

葬擊士們似乎都不知道接下來集會的通知內容，神情顯得有些困惑。說不定絕大多數的人都和我一樣，是在今天才接到召集。

既然這樣，這次的集會恐怕相當緊急……？

在這樣的狀況下，到底有什麼事要公布？

該不會與惡魔現在頻繁出沒有關聯？

我的背部靠著講堂的牆壁，迫不及待地等候即將發布的消息。

於是不久後——

「各位，首先感謝各位參加本次的召集。」

那人如此說道，出現在講堂的正面。他不是別人，正是皇帝陛下。

大概沒有人料想到那身形偉岸的白鬍子男性會出現，講堂中騷動聲四起。

眾人表現對皇族家的敬意，紛紛行禮。我也效仿。

「各位把臉抬起來。由於接下來要告知的重要事項，將會決定帝國——甚至人類的未來，因此希望各位集中精神，不要聽漏一字一句。」

陛下先如此聲明後，接著語氣鄭重地說道：

「如果維持現況——帝國想必會走上滅亡的道路吧。」

突如其來的不祥話語使講堂再度騷聲四起時，陛下繼續說道：

「近來惡魔的動靜漸趨頻繁，想必各位都注意到了吧？根據我國的情報部隊所取得的情資，查明了本次惡魔頻繁出沒是因為『大號令』的影響。」

……大號令？

「據報路西法已決心進攻人類領土，命令麾下所有惡魔集中朝帝國發動攻勢。那就是『大號令』。由於路西法發布的宣戰布告鼓舞了惡魔，使其活動變得更加頻繁，以上便是帝立研究所的見解。」

路西法決定要掀起全面戰爭了……？

「我國堪稱是人類領土的玄關，在本次的『大號令』之下，成為了惡魔全體的攻擊目標。也因此，我判斷維持現狀已無法抵禦本次的侵略。於是我國已在先前定期舉辦的人類聯盟會議上，提議設立集結人類領土全力的人類聯軍，並且在會議上得到了採納……——各位是否明白這代表何種意義？」

騷聲四起的講堂中，我嚥下唾液。

「大號令」將發起惡魔的全面進攻。

為了與之抗衡，人類聯盟軍即將成立。

這代表的意義當然就是——

「沒錯，正如各位所想，這就代表了在不久的將來——人類與惡魔之間的全面戰爭將正式開始！」

這句話再度震撼講堂。

全面戰爭。

人類與惡魔的正面對決。

光是在當下這個階段我已經能清楚感覺到，過去的小規模戰鬥完全無法比擬，那恐怕會是歷史上規模最大的戰爭。

「人類聯盟會議已經決心一戰！」

陛下以強而有力的口吻，流暢地說道。

「不只是我國，所有國家都已經厭倦了惡魔這種邪惡的存在！因此人類聯盟已下定決心，以本次惡魔對我國的侵略為契機，展開人類最大規模的反擊，誓言以本次反擊為長久以來的紛爭劃下休止符！葬擊士協會的元老院對本次反抗作戰也態度積極，因此『七翼』的獨立精銳部隊『圓桌』也已預定參戰！徹底抗戰的準備已在水面下順利進行，開戰的日子近了！」

那麼，既然如此各位有何打算？陛下對我們問道。

「有人聽了剛才這番話而心生畏懼嗎？不，想必沒有吧？我國的葬擊士之中想必沒有這般的弱者。我非常明白，集結於此的各位，都是為了掃蕩惡魔而投身戰鬥的勇猛戰士。是吧？」

「是的！陛下！」回答聲撼動講堂。

「既然如此，我對各位的指示只有一項——賭上性命迎接與惡魔的最終決戰，並且誓言為人類帶來勝利！」

——嗚哦哦哦哦哦哦哦哦！近乎咆嘯聲而不成言語的回答，充斥整個講堂般轟然響

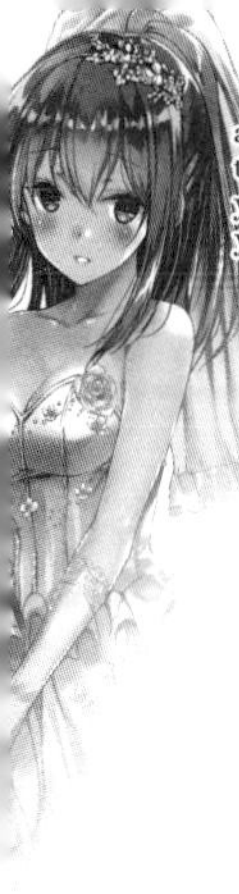

起。

熾熱的心情同樣在我心底沸騰。

殲滅惡魔的最終決戰。

對於這次作戰，我究竟期待多久了？

惡魔的存在創造了禁忌之子，讓我們禁忌之子飽受折磨。雖然眼下已經幾乎不再受到歧視，但過去實在非常嚴重。如果將這份怨氣發洩在人類身上，只會讓禁忌之子的評價更加低落，怨恨應當向惡魔發洩，因此我一直以來都這麼做。

殲滅惡魔，為過去所有吃盡苦頭的禁忌之子復仇。

這就是我的宿願。

另外一點，那就是找到惡魔之王兼我的親生父親路西法，讓他一五一十坦承與我的出生有關的一切——然後由我親手埋葬他。

於本次最終決戰，我一定會達成這兩項宿願。

眾人迴盪不止的怒吼聲有如蒸騰的熱氣。

置身這之中，我暗自握緊拳頭，於心中描繪我即將親手實現的理想鄉。

第一章　開戰前的休憩

『提爾。』
有人呼喚著我。
『提爾。』
那說話聲非常溫柔。來自黑暗另一頭的話語聲有如蛋糕般黏膩，又如同棉花糖般輕柔地包覆著我。
黑暗。
幽暗。
這個當下，我正站在一片漆黑之中。
所以我知道這並非現實。
大概是夢中的情景。
儘管置身夢中，意識卻不可思議地清醒，莫名地有現實感。
『提爾。』
溫柔的說話聲依舊傳來。

我邁開步伐，朝著黑暗的另一頭走去。

不久後映入眼簾的是——

『提爾。』

那名女性大概就是話語聲的來源吧。綢緞般的金色長髮美麗絕倫，光是看著那美妙的身影，感覺心靈就受到洗滌般。

而且她並非尋常人類。她身穿白色連身裙般的服裝，頭頂上飄浮著一個放射光芒的圓環。同時在她背上還能看見與惡魔的黑翼相反的潔白翅膀。

（天使……？）

沒錯，一言以蔽之就是天使。

傳說中已在遠古時代遭惡魔滅絕的悲哀種族。

當今在世上任何角落都已經找不到的有翼人種。

理所當然地，我從未親眼見過天使。

別說是親眼見過，我就和現代人一樣，對天使的知識僅限於傳承。

然而……

『提爾。』

她的表情是那樣溫柔，懷著至深的慈愛，溫柔呼喚我的名字。

光是見到那欣喜的表情。

光是聽見那甜美的嗓音。

我的雙眼便沒由來地流下淚水。

我難以理解自己流淚的意義。

明明一點也不悲傷，我卻不知為何哭泣著——

「……妳究竟……是誰？」

我伸出手，對美麗的天使問道。

於是她盈盈微笑，

『我啊——』

就在這時。

夢境猝然告終，下一個瞬間自己房間的天花板填滿了我的視野。

自窗簾隙縫間投入室內的陽光，向我告知早晨的到來——

「剛才的夢到底是……」

我撐起上半身，緊接著——我注意到沿著臉頰滑落的淚水。

看來我在現實中也落淚了。

不是因為悲傷，同樣是因為難以言喻的強烈感情受到刺激而流淚。

而且不管我再怎麼思索，都對夢中的天使毫無頭緒。

我試著猜測，但是完全無法保證猜測正確，無法下定論。

「唔……怎麼了嗎？」

這時，我注意到在地板上的被窩中就寢的撒旦妮亞悠悠起床。因為惡劣至極的睡相使她早上醒來時總是全裸，這已經是家常便飯了。

「你在哭啊？」

「……沒什麼大不了的，總之妳先穿衣服。」

「衣服才沒什麼大不了，我不覺得你的淚水無足輕重。該不會是作惡夢了？來，讓我摸摸你的頭，幫你趕跑心裡的害怕吧。」

語畢，撒旦妮亞也不遮掩那近乎女童的裸體，就這麼站起身，開始撫摸我的頭。這份心意雖然教人感謝，但是莫名其妙的行動讓我傷透腦筋。

「……撒旦妮亞，我真的沒事，妳可以先把衣服穿好嗎？」

「你不是在哭嗎？」

「只是灰塵跑進眼睛裡。」

「那同樣是大事啊。來，我幫你擦掉。」

「我不是說不用了嗎？」

撒旦妮亞真的很愛照顧人，或者該說已經到了雞婆的程度。也許是因為她本來就個性如此，當初才會被任命為我的保姆。

「唔，叛逆期到了嗎？」

「我也沒有叛逆啊……」

叛逆期的標準低到都陷進地面了。

「好了啦，廢話少說，快點穿好衣服。今天可是反抗作戰前寶貴的假日，別讓我消耗太多精神。」

這一天是反抗作戰執行的兩天前。

今天是休養生息的假日，明天則是為了投入作戰而前往現場的移動日。

不過這是我個人的行程，為了預備後天的開戰，想必也有許多葬擊士現在忙得不可開交吧。

不論如何，雖然有些欠缺現實感，但人類與惡魔的全面戰爭已經是避無可避的既定事項，開幕時刻也正一分一秒逼近。

陛下親口告知作戰的那一天距今已經一星期了，至今這段時間內，我早已將作戰計畫的細節和預定事項裝進腦袋。

推測上惡魔的軍團最靠近帝國領土的後天，本次反抗作戰預定將身為全人類的希望而執行。

「今天要悠哉休息？」

撒旦妮亞如此問道，這下終於開始穿上平常那套歌德蘿莉服。

「沒有，我不會待著不動。」

我也一面換上便服，如此回答。

今天我預定和教官出門購物。不過那並非開心的逛街購物，而是為了補充作戰上勢必會用到的療傷藥和磨刀石等道具。

教官當然也表明了參加本次作戰的意願。

「唔，既然你要跟乳牛女一起出門，那我也得跟去才行。」

「……隨妳的便。」

換好衣服後，我走自己的房間。這時我已經把夢境內容拋到腦後。

穿過熟悉的走廊，走進客廳後，我見到了教官與莎拉小姐的身影。

「早——……妳們兩位在做什麼？」

早安二字還沒說完就戛然而止，有其理由。

因為教官和莎拉小姐一大早就在極近距離彼此互瞪。

「啊，小提你聽我說一下喔？姊姊她喔——」

「啊，米亞妳又想拉提爾當靠山，這樣很卑鄙吧？」

到底是怎麼了……

「哎，不過請提爾來評評理也許是個公平的判斷。所以說啦，提爾，你覺得我和米亞，誰更能成為一位好老婆？」

「啥？」

「提爾當然覺得我更勝過米亞，對吧？」

「才不是呢。比起姊姊，果然還是我比較適合吧。」

「呃，那個……」

為何會為此爭論……？

「因為姊姊她說什麼米亞沒有當妻子的才能！」

「嘻嘻嘻，不過事實上米亞就是沒有當妻子的才能吧？不，雖然最近家事和料理都有些成長，也許還算有最起碼的水準，不過這方面還是我比較行吧？因為我不管家事或料理都很拿手，而且也能大方療癒我未來的丈夫！還不需要依靠酒精的力量！」

莎拉小姐逼近我。一把緊緊攬住我的手臂，使勁撫摸著我的頭。

「等、等一下，莎拉小姐……！」

「好乖好乖，提爾真是好孩子～」

「胸、胸部貼到了喔……！」

「嗯～？這當然是故意的嘛。軟綿綿的很舒服吧？」

莎拉小姐緊攬住我的手臂，把胸部持續抵在手臂旁。

胸部的尺寸和教官相比雖然略為遜色，但那只是與教官相比的結果，與一般水準相比已經稱得上相當豐滿了。

因此雖然隔著衣物，那觸感還是相當柔軟而且舒適宜人，不過這種話我當然無法老

實說出口。

「等一下，姊姊！快點放開！」

不出所料，教官見狀立刻氣憤地叫道。

莎拉小姐則開始對憤怒的教官挑釁。

「怎麼啦～？就算我放開了，提爾也不會成為米亞的人喔？」

「不、不要轉移焦點！我只是希望妳放開而已！況且這種溺愛算什麼嘛！這根本不是對未來的丈夫會做的事吧！」

「米亞還真是沒見識。男生不管長到多大，都希望有人能夠疼愛他。對吧，提爾？」

「呃……」

我迷惘著該如何回答，心中暗自思索該如何擺脫莎拉小姐——

「既然這樣我也行！」

教官氣憤地猛然哼氣，要與莎拉小姐對抗般，立刻攬住了我的另一條手臂。當然她也同樣將那豐盈的乳房壓向我的手臂。確實比莎拉小姐的胸部還要大上一圈的胸脯，伴隨著超水準的彈力包住我的手臂。

「教、教官，妳在做什麼……？」

「好、好乖好乖。別在乎這些事。別在乎姊姊。好好享受我吧？」

教官完全發揮了她的不服輸，面露害羞的表情撫摸著我的頭。但同時她的眼神直盯著莎拉小姐，像是在耀武揚威般。

「我、我也一樣，沒有酒也能好好疼愛小提喔！姊姊！」

「哦～滿有一手的嘛。不過強迫推銷胸部稍嫌粗鄙吧？」

「姊姊還不是一樣強迫推銷！」

「因為到頭來還是這招最有效嘛，對吧？提爾。」

「這、這先放一旁，兩位請先放開我！」

雖然我不討厭這種狀況……可是，這種場面萬一被撒旦妮亞撞見，想必會衍生出更麻煩的狀況——

「你們幾個，到底是在做什麼？」

——啊！馬上就來了……！

「哦……」

她像是理解了現況，渾身散發的氣氛轉為敵意。

「我才奇怪妳們到底在幹嘛，原來是兩個老女人想誘惑我家的提爾……？」

撒旦妮亞的眼角不時抽動，顯然正在氣頭上。

「誰、誰是老女人啊！明明是妳最老吧！」

米亞教官的反駁非常合理。

莎拉小姐也附和道：

「就是說嘛！我們才不是老女人！正值青春年華的二十來歲！況且喔，莎娜妳不要再把提爾當成妳的所有物了吧？不過只是當過保姆而已。」

「妳、妳說『而已』？竟敢如此稱呼聯繫我和提爾之間最珍貴的關係……呵、呵呵……妳要這樣說也無所謂，但想必妳已經有為此付出代價的覺悟了吧……？」

撒旦妮亞憤怒到極點而笑道，開始釋出龐大的殺氣——

另一方面教官她們毫不退縮，依舊攬著我的手臂。

自從撒旦妮亞來此的第一天起，早晨大概都如此揭開序幕，不過沒想到在開戰在即的當下也沒有改變。

「哎，就這樣吧……」

我心裡稍微鬆了口氣。

在這之後，眾人暫且握手言和，用過早餐之後，我們為了預定好的採購物資而出門。我原本預定和教官兩個人一起，但莎拉小姐堅持不給我們獨處的機會，一起跟了過來，於是最後成了三個人一同上街購物。

撒旦妮亞原本雖然和莎拉小姐同樣氣憤，但是她說她有其他事得辦，因此沒有陪同我們前來購物。

「市區的氣氛不若想像中那樣死氣沉沉啊。」

來到市區時，教官如此說道。

惡魔的大軍將在不久後進攻，這項情報已經廣為大眾所知，因此帝都的氣氛也絕非一如往常。但是因為民眾知曉人類正要展開最大規模的反攻，因此氣氛算不上抑鬱。群眾之間也有種各自竭盡所能的熱情。

我們造訪了帝都最大規模的百貨商場。這裡的品項豐富到堪稱包羅萬象。

因為我們並非前來逛街，因此立刻就前去採購物資。

教官為了購買攜帶式磨刀石而前去武器店。

莎拉小姐接下在後線支援決戰的任務，為了購買新工具而前往工具行。

而我則是為了購足攜帶糧食與療傷藥而造訪藥局。

我審視著架上商品，伸手拿取當下需要的品項。

就在這時——

為了拿取同樣的藥劑，身旁那人的手與我伸出的手相撞。

「啊，不好意思。」

「不會，我才是——嗯？奇怪？」

這時，撞上的那人傳來怪異的反應。

「是提爾耶。」

聽見對方親暱地喊我的名字，我便仔細打量身旁那人。

將金色長髮綁成一束麻花辮，身材嬌小而且有雙紅眼——

「什麼嘛……原來是夏洛涅。」

「你這種反應算什麼意思啦！」

雖然語氣不大高興，但夏洛涅看著我的雙眼一派平靜。

「這先不管，提爾也來買東西啊？」

「是啊。因為今天已經是最後一天能好好做準備的日子了。」

「後天就要開始了啊。」

「是啊。」

賭上人類威信的最後一戰，無論如何都將展開。

「妳會怕嗎？」

「一點都不怕啊。反而是迫不及待。」

夏洛涅握緊拳頭，抬起臉對我投出堅定的眼神。

「因為我覺得這場戰爭就等同於聖戰。」

正因為和我同樣身為禁忌之子，夏洛涅與我抱持的情感肯定十分相似。

——殲滅所有惡魔，為過去所有受苦的禁忌之子復仇。

看著夏洛涅的表情，我可以讀出這樣的想法。

「因為惡魔老是做壞事，我們的評價才會跟著降到谷底。我們得掃清這些怨恨才行。」

「的確如此。」

「話說米亞姊沒有一起來嗎？」

「我們一起來的，現在分頭採買東西。」

「是這樣啊……對了。」

「怎樣？」

「提爾有什麼打算？」

「妳問的是哪方面？」

「要是反抗作戰一切順利，人類也勝利了，惡魔不復存在，和平的世界到來，接下來提爾打算怎麼度過？」

「這個喔……」

我不會說自己從來沒想過。

我也曾經考慮過。

在和平的世界，我想過普通的人生。

如何定義普通雖然不容易，若引用常見的定義——便是建立幸福的家庭。我想那就是其中一種普通人生吧。

建立幸福的家庭，這同樣是我的宿願之一。

因為我從不知何謂家族。

父親是路西法，母親則身分不明。

養育之親是撒旦妮亞和孤兒院，我的人生與家族二字從來沒有瓜葛。

我不知道何謂家族。

沒體驗過天倫之樂。

正因如此，我希望在和平的世界創造那樣的環境。

「……提爾，我問你喔。你想跟誰共組家庭？」

聽她這麼問，腦海中浮現的人物沒有別人。

「果然……是米亞姊？」

「是啊。」

「這樣啊。」

夏洛涅淺淺一笑，神色有些哀戚。

「我沒有勝算嗎？」

「沒有耶。」

「還真果斷！」

「不好意思。」

「不過啊，我本來就知道提爾眼裡只有米亞姊而已，也沒受什麼打擊就是了。」

「不過啊，夏洛涅。」

「怎樣？」

「不談什麼勝算，我與妳本來就和一家人差不多吧？」

同樣被孤兒院收養，一起長大，現在她繼承了已逝養父的家業，照顧和我們同樣是禁忌之子的孩童們——我想這一定也算是一種家族吧。

「所以啊，該怎麼說……也許我無法回應妳的心意，但是我絕對不會因此而捨棄妳。過去的一切在未來也不會改變，會一直持續下去。這點我能保證。」

「那在世界和平之後，你還會和我一起照顧那些小孩子？」

「這不是當然的嗎？」

「呵呵，太好了。」

夏洛涅再度淺笑，伸手拿取她要的療傷藥。

「嗯，光是這樣我就很高興了。而且既然你都這樣講了，和惡魔的決戰就非贏不可了嘛。我也想在和平的世界安全地守候那些孩子們。」

「是啊。」

我點頭回應夏洛涅的決心，將想要的療傷藥和攜帶糧食放進購物籃中。

我們一起結帳之後，夏洛涅看向我。

「提爾接下來要幹嘛？」

「我會在百貨商場裡稍微逛逛。妳要回去了？」

「嗯。我預定要在孤兒院幫孩子們做一頓大餐。在決戰前吃一餐豐盛的。」

「聽起來不錯。」

「提爾也要來？」

「雖然我也想去，不過大概有困難。」

「哎，這也是沒辦法的事。」

「可以替我跟孩子們打聲招呼嗎？」

「了解。那下次就在戰場上見面了。」

「嗯。」

在我點頭回答時，夏洛涅逕自離去了。

目送那嬌小又可靠的背影遠去——

「該走了。」

我開始朝著下一個目的地開始移動。

我來到了同一間百貨商場內的軍武行。

反抗作戰必定是場激戰，我打算為此先補充彈藥。

我前往彈藥區，看著形形色色的銀彈。

於是——

「啊，是提爾。」

有個人影如此說道，朝我走來。

我立刻就注意到那人影是艾爾莎，銀髮且面無表情的女性同儕。她似乎為了準備決戰而造訪軍武行，因為她是狙擊手嘛。

「在幹嘛？」

「這還用問。補充彈藥啊。」

「補充彈藥……聽起來好下流。」

「真是難以理解的思考模式。」

「沒有那麼難以理解。只要聽到彈藥，正常人都會立刻聯想到男性的胯下。」

「只有妳而已。」

這傢伙還是老樣子，變態性特別高。

「在這次的戰場上，妳要是腦海中浮現這些邪念，恐怕會死第一個喔？」

「真可怕。」

「要是覺得可怕，就好好準備迎接後天的戰鬥吧。」

雖然我這麼說，但我對艾爾莎有個疑問。

「話說妳為什麼要參加作戰？」

「嗯？」

「如果妳只是因為職業是葬擊士就參加，我覺得還是別去比較好。」

「為什麼？」

「因為和平常不一樣。接下來惡魔會為了攻陷帝國而大舉進攻喔？死亡比平常更靠近，這點小事妳也懂吧？」

這次的戰鬥恐怕……不，鐵定在前線會有大量死傷者吧。

就算稱不上大量，也絕不可能是零。

參加這種戰場絕非義務。

這是大規模戰爭。

不像平常狩獵幾隻惡魔，就可以回家休息。

絕對會是一場殺也殺不盡的漫長血戰。

「這種事我也懂。」

「妳真的有那種明知危險性還要參加作戰的理由？」

不像我和夏洛涅一樣懷著無法退讓的矜持，艾爾莎挺身對抗惡魔的原動力究竟是什麼？

「我只是想追上提爾而已。」

艾爾莎淡然說道。

「在五年前我得知和自己同年齡的男生已經成為葬擊士並且大展身手，打從那時提爾就是我的憧憬了。我只是想盡可能追趕我心目中的憧憬而已。」

「……到頭來還是這個原因啊。」

在一般家庭成長的平凡少女，只憑著那份憧憬而鍛鍊自己至今，這件事我也很明白。

正因如此，我不希望她將之視作原動力。

「我……不管妳發生什麼事，我都無法負責。之前陛下曾說選擇避戰是軟弱的行為，不過我不認為，因為我覺得選擇逃避同樣非常需要勇氣。」

「但是我不會逃避。」

艾爾莎直視著我的眼睛。

「而且我不會死。」

「要嘴硬誰都會。嘴巴上這樣講卻戰死的人多到數不清。」

「沒問題。我已經下定決心，在跨越這次決戰之後與提爾結婚。」

「喂。」

「嗯？」

「雖然我有很多話想說，總之我不會跟妳結婚。」

「要和米亞結婚？」

「目前也沒這種預定。毫無計畫。」

「既然沒有計畫，照理來說我可以報名。」

「只是報名的話啦。」

「就算無法當正室，要我當情婦也無所謂。」

「更看重自己一點。」

「反倒是當情婦更棒。」

「妳到底在說什麼？」

才想說她稍微擺出了認真的態度，馬上又故態復萌。

「重點是，別試圖扭曲我的意志。我會戰鬥，絕對不會逃避。不管發生什麼事，那都不是提爾的錯，只是我擅自追趕自己的憧憬結果自滅而已。」

「這樣的話，我晚上也睡不好吧？」

所以我覺得自己必須保護她。

光就這點而言，夏洛涅其實也一樣，希望她們千萬不要逞強。

「妳要不要參加作戰，到頭來我也沒辦法干涉，既然妳這樣講，我也會尊重。但是，千萬不要亂來喔？」

「我明白。我會在不至於送命的範圍內戰鬥。」

「很好，這樣就好了。」

也許這樣就能大致放心了……雖然只是大致上而已。

「吶，提爾，在開戰前我想跟提爾上床。」

「啥？」

莫名其妙的要求突然飛向我，我不禁睜圓雙眼。

「……妳又在講什麼鬼話了。」

「生存本能在戰鬥前後會攀升到頂點，在這個時間點做愛一定很舒服。」

「我說妳啊……」

「我的下半身做好萬全準備，隨時都能迎接你。」

「……給我安靜一下。」

「想要我安靜的話，用提爾的床上功夫讓我失神就可以了。」

「…………」

這下我也完全放棄了溝通。

我默默地挑選彈藥時，艾爾莎若無其事般逕自繼續說道：

「無論如何，要贏喔。」

「是啊。」

關於這點我當然同意。

在決戰獲得勝利，為世界帶來和平。

「然後在和平的世界，我會成為提爾的情婦。」

「我拒絕。」

我們如此交談後，我補充了所需的彈藥。

之後我便與艾爾莎道別，準備與教官她們會合。

因為軍武行附近就有間工具行，我決定造訪該處，先與莎拉小姐會合。

我立刻就在工具行內找到了四處晃蕩的莎拉小姐。

「哦，提爾來了啊。想買的東西都買到了嗎？」

「是的。大致上都有了。」

「是喔是喔。老實說我還沒選好。」

莎拉小姐煩惱地呢喃低語，視線直盯著眼前的小槌子。小槌子種類繁多，莎拉小姐仔細打量著這些商品。

「因為我被叫去支援後線，應該會有不少人找我調整武器才對。這樣一來，捶打延展的作業肯定不會少，補充小槌子是當務之急。因為消耗肯定也很快，我想先買好預備用的槌子。」

「原來如此。」

「不過我正在迷惘到底該買哪一把。」

「莎拉小姐這種水準的工匠，不管用哪一把槌子都能拿出高品質吧？」

一起生活並見過她平常的言行舉止，總會讓我不時忘記，這個人其實是現代的「名匠」，名號為艾爾特．克萊恩斯，是位技術高超的武器製造師。

「這點是無庸置疑，不管用哪一把槌子，我都能發揮至高的技術。你沒說錯。」

「那有什麼好煩惱的？哪一把都可以的話，就沒必要煩惱吧……？」

「你問為何煩惱？當然是價格啊，價格。」

彷彿這是無比重要的條件，莎拉小姐如此說道。

「要選擇廉價品，還是價格高但是耐用的工具……真讓人煩惱。」

「既然這樣，買貴一點的比較好吧？就莎拉小姐的收入而言，也沒必要省這點小錢吧？」

「──太天真了！」

莎拉小姐頓時怒目圓睜。

「提爾這種想法會自取滅亡喔。」

「……咦？」

「不能因為有收入就老是買高價的東西啊。節約很重要。」

莎拉小姐的財務觀念出乎意料地小家子氣。

「……那妳要買便宜的嗎？」

「平常的我大概會這樣吧。」

「所以說……」

「嗯，雖然我剛才說提爾天真，但這次我會買貴的那種。畢竟這場戰爭也許會是最後一戰。既然戰場上需要我的身手，我也得盡己所能才行。所以現在可不是在工具上省錢的時候。」

「是啊。」

雖然嘴巴上嫌貴，還是認真面對問題，我覺得這是莎拉小姐的優點。

莎拉小姐最後選了較貴的小槌子，而且買了好幾把，前去結帳。

結帳之後，她回到我身旁如此說道：

「接下來，就到附近的咖啡廳等米亞回來吧？」

「我們不去找她嗎？」

「哎呀，米亞也許想要不受我們的干擾，自己一個人靜靜挑選吧？」

「不過教官想買的東西之中，應該沒有需要仔細挑選的品項吧？」

「唉呦～別這麼說嘛。好不好？人家想跟提爾兩人獨處嘛。」

「喔……」

我想著果然這才是她的真心話，同時也不願意一口回絕，於是便任憑莎拉小姐牽著我的手，走進咖啡廳。我們都點了冰咖啡，坐在店內裡側的座位一面啜飲一面休憩。

「來，提爾。我們乾杯吧？」

「拿著咖啡乾杯不覺得很奇怪嗎？」

「好啦好啦。來，乾杯～」

「乾、乾杯……」

我有生以來第一次用咖啡乾杯。

「噗哈～！感覺活過來了～！」

「為什麼喝起來反應好像酒一樣……？」

「你不想盡可能讓氣氛輕鬆一點嗎？陰鬱的現實馬上就要來了。」

……陰鬱的現實。

理所當然，指的是已經近在後天的反抗作戰吧。

「啊～啊，全面戰爭來了耶，提爾。人類和惡魔要決一死戰的時刻終於來了。你覺得有勝算嗎？」

「用不著討論什麼勝算，非贏不可。」

「哎，是沒錯啦。」

莎拉小姐用吸管攪拌著杯中的冰塊，呢喃低語。

「話說提爾啊。」

「嗯？」

「提爾還要繼續束縛自己？」

「這話是什麼意思？」

「──那個。」

莎拉小姐指向我的購物袋。

紙袋裡面裝著剛買來的彈藥。

莎拉小姐神情大為不悅地瞪著那紙袋，繼續說道：

「提爾打算屈居後衛到什麼時候？哎，我也知道你的狙擊槍只是主要武器，實際上應該會衝上去打前鋒就是了，不過那不是真正的提爾吧？」

「這……」

「真正的你應該會手持我打造的雙劍，馳騁戰場，如入無人之境般斬倒惡魔。不是遠遠開槍攻擊，而是衝上前去殺出一條血路。」

莎拉小姐懷著怒意。

但同時她的態度平靜，伴隨著關懷我的溫柔。

「提爾的身體已經恢復原本實力了吧？當初為了保護米亞而負傷使得實力弱化，但現在已經恢復了吧？既然這樣，何不變回原本的戰鬥風格？放下狙擊槍，用我造的雙劍不就好了？接下來即將開始的戰鬥，可能會是與惡魔之間的最後決戰喔？你這次不拿出全力，到底何時才要拿出全力？」

「我可以……變回去嗎？」

懦弱的話語不由得脫口而出。

我會禁止自己使用雙劍，是因為我認為沒有資格再度拿起那對雙劍。

現在的我由於能開啟血之活性，確實能發揮與全盛期同等的實力。

若額外借用王翼之力，甚至能輕易凌駕於全盛期。

不過那終究是虛假的力量。

完全仰賴惡魔之力，在那之中沒有原本的我。

我實在不忍心在這種狀態下使用莎拉小姐的雙劍——

「我說啊。」

但是。

「你根本不用在意那種事。」

莎拉小姐毫不在乎地說道。

「可是……」

「我覺得啦，你只要仔細去想應該就會明白，提爾原本就一直在活用惡魔的力量吧？」

「這、這個……」

「提爾是禁忌之子嘛？靠著努力來開發那份非比尋常的肉體潛能，最後登上『七翼』的位階，對吧？在那個當下，提爾就已經大方活用禁忌之子的力量——也就是惡魔之力，對吧？」

……確實如此。

「所以說，我覺得你完全沒必要鑽牛角尖。雖然你說使用的是惡魔的力量，但那力量說穿了就是提爾的天賦嘛。運用自己持有的天賦，根本就沒什麼好奇怪的吧？因為人人都在運用自己的天賦嘛。」

「——」

莎拉小姐這番話，有如解開我心頭枷鎖的鑰匙。

聽她這麼說，事實確實如此。

的確就是這樣。

一切如她所說。

早在王之力覺醒之前，我就已經等同於借用惡魔之力了。

活用禁忌之子特有的身體能力，手持莎拉小姐的雙劍而馳騁沙場。

所以，事實就真如莎拉小姐所說，我現在還要作繭自縛，未免也太遲了。

明知事實如此，為什麼我會莫名其妙地鑽牛角尖……？

「因為提爾很善良啊。」

莎拉小姐像是看穿了一切般說道。

「提爾生活時總是為了別人著想嘛？因為想改善禁忌之子的立場而成為葬擊士；為了消除米亞的內疚而努力復職；堅持不用那對雙劍，也是因為覺得對不起我吧？」

「是的……」

「善良體貼是種美德沒錯，不過提爾稍嫌想太多了。選擇對自己更誠實的生活方式，我想應該也不至於遭到天譴。」

「既然這樣，我——」

誠實面對自己。

我到底想怎麼做？

甚至不需要思考。

面臨決戰還束縛實力的上限，根本沒有意義。

我已經決定要殲滅惡魔了。

我自己不是說過了嗎？為此，我應該去活用我擁有的一切。

我能徹底發揮實力的時候，毋庸置疑是手握莎拉小姐打造的那對雙劍的瞬間吧。

既然如此——

「——莎拉小姐，可以拜託妳盡快為我修補那對雙劍嗎？」

我如此說道的瞬間，莎拉小姐的嘴角得意地往上挑起。

「嘻嘻，我一直在等你這句話。」

「因為已經放著很久了，也許有很多地方需要修補。」

「這種小事用不著在意。你以為我是誰啊？有關武器的大小事，儘管交給莎拉大姊就對了♪」

莎拉小姐欣喜地說完，將冰咖啡一口氣全部喝完。

「好！那我就先回去修補那對雙劍了。提爾和米亞會合之後，乾脆順便約會吧？」

「咦？」

「因為決戰在即啊？一旦決戰以敗北收場，就再也無法享受這種日常生活了，既然這樣，為了別留下悔恨，去約個會也沒什麼關係嘛？」

「嗯……」

「當然，我也想跟提爾卿卿我我嘛，不過這就交給米亞吧！接下來便是年輕人的時間了。哎，米亞也不怎麼年輕就是了。」

莎拉小姐嘻嘻笑道，自椅子站起身——

「就這樣啦，要加油喔？」

語畢，她猛力拍打我的背，走出咖啡廳。

我目送那背影的同時，在心中向她道謝。

莎拉小姐不只是接下為我修補雙刀的工作，而且還像上次那樣，再次為了我和教官而促成我們的約會。

為了絕對不糟蹋她的體貼，我連忙喝光剩下的咖啡，緊接著趕往教官身旁。

教官人還在武器行。

看她手邊提著的物品，她似乎已經買了攜帶磨刀石，不過陳列在架上的槍劍似乎刺激了她的興趣。像是仔細觀察著玩具店櫥窗的少年，教官凝視著槍劍。

「教官，妳想要新的槍劍嗎？」

「啊，小提，你的東西已經買好了啊……槍劍啊，只是看看而已。這世上沒有任何一把槍劍能取代我現在使用的這把。」

教官的槍劍也是莎拉小姐親手打造的。

「姊姊的槍劍性能優異，我絕對不會換別的，也沒這個必要。」

那為什麼要盯著店裡陳列的槍劍？我不由得感到疑問。

雖然她說只是看看，但我覺得她並非沒想太多只單純走馬看花。

她明明已經買好東西了，還盯著槍劍端詳，她肯定有些理由才會看著那些槍劍吧。

不過，我想現在也沒必要追究到底，於是我轉換話題。

「啊，對了。先跟教官報告一聲，莎拉小姐已經回去了。」

「咦？為什麼回去了？」

「是為了修補雙劍。」

「雙劍……該不會是小提的武器？」

「是的。」

「所以說……——你已經決定要回歸劍士崗位了？」

「是的。」

我對教官點頭。

於是教官她——

「……太好了。」

如此說道，雙眼開始泛起淚光。

「真是的……真不曉得我等待這一刻都多久了。」

「對不起，讓教官久等了。」

「沒關係，用不著道歉……這先放一旁，這次的戰場真教人期待。因為真正的提爾・弗德奧特要歸來了。」

教官雖然雙眼泛淚，但表情欣喜。

「那麼，得為小提的復職慶祝才行。」

「既然這樣，接下來可以花點時間約會嗎？」

「這樣就夠算得上慶祝了嗎？」

「這比什麼都令我高興。」

「哎呀，這句話讓我很開心呢。」

教官擦去淚水後微笑，隨後一派開朗地說道。

「既然這樣，就花點時間兩個人玩一下吧？」

「好的。」

於是我和教官突如其來的約會開始了。

「雖說要約會，不過要做什麼？既然是為了慶祝小提復職，如果小提有想去的地方或想做的事，我來配合小提的要求吧。」

「我只要能和教官在一起就夠了。用不著特別去其他地方，比方說只是找張長椅一起坐下也好，能和教官共度時光我就很幸福了。」

「你、你這樣說我是很高興啦。不、不過這樣就算不上慶祝……」

教官表情害臊地如此說著，隨後靈機一動般擊掌說：

「對了，那麼今天由我來提供療癒吧。」

「……療癒？」

「這個當下決戰在即，小提應該要充分休養生息才對。因為你堪稱是人類方的最高戰力也不為過，應該盡可能消除疲勞才行。」

「那麼具體來說要怎麼做？」

「我們上旅館吧。」

……旅館？

「在百貨商場這種嘈雜的地方根本談不上療癒效果吧？所以首先得找個安靜又能放鬆身心的地方。」

「……所以要上旅館嗎？」

看來教官腦海中已經描繪了具體的圖像，而我還無法看穿她的用意。

在旅館……提供療癒……

這些字眼串起來，該怎麼說才好……就是有種可疑的味道。不過這應該是我疑心病太重了吧？

「小提，我們找間旅館吧。」

「那、那個……教官說的旅館，是指健全的那種吧？」

「這、這是當然的吧！你到底在想像什麼啊？真是的……」

教官驚慌地說，領著我朝百貨商場外頭開始移動。

「話先說在前頭，百分之百健全。肯定健全到讓人吃驚。」

「……妳一直強調健全，反而會讓我越來越不安耶。」

「真、真的不用擔心！主題只是療癒疲勞而已！」

教官如此堅稱，帶著我來到附近的旅館。

因為真的只是一般的旅館，我暫且鬆了口氣。

教官在櫃台選了當天退房的小憩方案，付錢後領到了鑰匙。

之後我們便移動至借到的房間，先將行李放到地面上。

「呼……」

四周不再有他人的視線，感覺心情放鬆許多。走在外頭總會暴露在其他人的視線下，能來到專屬的空間中，真是再好不過了。

「話說教官打算在這裡做什麼？不是單純只為了休息而來吧？」

「這當然。小提可以在那邊的床鋪上趴好嗎？面朝下喔。」

「我知道了……」

我聽從她的指示，在床鋪上趴下。

心中猜想著她到底想做什麼，沒過多久——

「要開始了喔？」

「哦咕……！」

我不由得發出怪聲。並不是因為讓人想發出怪聲的症狀突然發作，而是因為感覺到一股力道猛然壓在背上。那力道強猛的刺激感，讓痛楚與舒暢的雙重感受同時傳遍我的背部。

這該不會是……

「這感覺是……指壓按摩？」

「正確解答。」

教官一面回答，一面使勁按壓著我的背部。

原來如此，拉著我進旅館就是為了這件事啊。

「感覺怎麼樣？雖然就約會來說可能有些不對勁就是了。」

「不會啊，我覺得很好。」

因為我和教官大大方方走在街上要不受打擾有點困難，像這樣在封閉的房間內的活動，也許比較適合我們。

更重要的是教官的按摩技巧高明，堪稱無可挑剔。

「教官該不會其實有執照？」

「沒有，我怎麼可能有那種東西。只是小時候爸爸常叫我幫忙按摩，當時練習過，我現在還記得而已。」

「原來是這樣啊。」

為父親按摩……一般的家庭中就會有這種交流吧？

我不由得有些欣羨。

「我按得會不會痛？沒問題嗎？」

「雖然會痛，不過痛得很舒服。」

「啊，小提該不會有些被虐狂的傾向？」

「沒、沒這回事……」

「那麼強的力道都行了，那這種感覺怎樣？」

語畢，教官不再用指頭按壓，這回開始用手肘按摩我的背部。

「嗚哦哦……！」

「哎呀，發出了小提不該發出的聲音了喔？這次應該真的會痛了？」

「不……其實還能忍。」

「是喔？那就再持續一下子喔。」

教官繼續用手肘頂著我的背部，畫圓般扭轉。

痛歸痛，其實也滿舒服的。在這樣的感覺中——

「吶，為什麼突然決定要回歸劍士崗位？」

教官如此問道。

「是莎拉小姐……推了我一把。」

「是姊姊？」

「我之前應該也對教官說過，我討厭惡魔的力量。所以我之前下定決心，只要自己還依靠惡魔之力就不使用那對雙劍，因為不想弄髒那武器，但是……」

「姊姊她好好開導你了？」

「是的……她說提爾原本就在活用禁忌之子的力量了，何必事到如今才在意這些事。聽她這麼說，我也覺得的確有道理。」

「原來如此。真不甘心。」

「……不甘心是指什麼？」

「因為我沒辦法給你這樣的建議。」

教官的語氣中帶著強烈的遺憾。

「身為前教官真是丟臉……不只沒辦法讓小提心裡輕鬆一些，而且近來連戰力也跟不上小提了。」

「……教官很介意嗎？」

「是啊。像是和阿迦里亞瑞普特戰鬥時，或是和黑袍人交手時，還有與格剌西亞・拉波斯對峙的時候，我幾乎算不上戰力。」

「沒這回事……」

「事實如此吧？雖然嘗試了不少方法，但我自己最明白我派不上用場……我也想過換新的槍劍，或者是換成其他武器，但問題不在這裡。問題單純在於我的成長來到瓶頸了。」

剛才教官在店裡會盯著槍劍，就是這麼一回事吧。

教官肯定正在為了變得更強而掙扎的途中。

但遲遲找不到答案，可能正為此煩惱不已。

我思索著該對她怎麼說才好，但是到頭來我什麼也說不出口。告訴她「不用擔心，我會保護妳」，肯定是錯的。因為那言下之意就是指她已經沒有成長的餘地，要她乾脆放棄掙扎。

但是鼓勵她好好加油肯定也不對。痛苦掙扎的人已經在努力了，聽別人講這種風涼話只會覺得惱火而已。

所以我無法輕率發言，只是保持沉默。這時教官突然道歉：

「對不起，把氣氛弄僵了。」

「別在意……我相信教官。教官一定能夠超越自己的極限。不好意思，這種話很不負責任就是了。」

「不會，聽你這樣說我心裡輕鬆多了。謝謝你，小提。」

教官一面如此說著，一面繼續對我按摩。

就這麼過了大概十分鐘後，按摩也暫且告一段落。

「呼，稍微休息一下吧。喉嚨渴了。話說那邊那個小冰箱裡頭裝著什麼？」

教官如此說道，打開了室內一角的小冰箱。那是以北方的萬年冰維持低溫的裝置，裡頭裝著數個瓶子。

「好像是外國的舶來品。上頭的標籤我看不懂。」

教官如此說道，伸手拿起擺在冰箱附近的開瓶器。

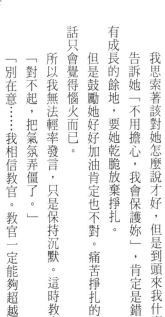

「……真的要開嗎？」

「不開就沒辦法喝啊。如果要收取額外費用，付帳不就好了。」

「……如果是酒該怎麼辦？」

「但是我口渴啊了……況且在這邊喝醉，也不會有其他人看到，我想也沒關係吧？」

「我會看到啊……」

「……讓小提看到，又沒關係。」

「——！」

這回答讓我心跳加速的同時，教官已經用開瓶器打開了瓶栓。

「味道嘛……嗯～……我分不太出來。也許是無酒精的香檳也說不定喔。」

教官將瓶中液體注入室內原有的玻璃杯。泡沫滋滋作響，液體呈現淺黃色。看起來十之八九是酒，但是既然教官自己懷著醉了也無所謂的覺悟，我也沒打算阻止她。

如果她醉了，我就得應付爛醉模式的教官了。不過老實說我覺得自己已經漸漸習慣應付醉酒的教官了，要就儘管放馬過來吧。

「那我要喝嘍。」

教官將玻璃杯端到嘴邊。隨後便讓一口液體流入喉嚨。

「哎呀，真好喝。」

「不是酒嗎？」

「嗯～感覺分不太出來。唯一確定的是很好喝。」

教官將杯中液體全部喝乾，又從瓶子將液體注入玻璃杯中。

……真的沒問題嗎？

我有些擔心地靜觀其變——

「嗝……」

發出打嗝般的吐氣聲，我發現教官的眼神漸漸變得迷濛失焦。

——啊，我就知道還是不行……！

瓶子裡裝的就是酒。

我剛才不就說了嗎……不過這次會變成這樣也是理所當然，而且我也做好了面對酒醉教官的心理準備。

那麼，本次的酒醉教官究竟會出什麼奇招……？

我稍微提高戒心時，教官將那迷濛的雙眼轉向我，盈盈微笑。

「哎呀，小提居然把我帶進這種旅館的個人房間裡，究竟有什麼壞心眼？」

「是教官帶我來的……而且只是按摩而已。」

「啊哈，差點忘記了。既然也解渴了，馬上就繼續剛才的按摩吧？來呀，快一點，再次乖乖趴好吧。」

要背對現在的教官雖然有點恐怖，但我還是暫且聽從指示。

「嗯嗯，真是乖孩子。為了獎賞乖乖聽話的小提，就讓你體驗看看至高的按摩吧。」

……至高的按摩？

「來──要開始了喔？」

「嗚咕……！」

話語聲才剛落定。我感覺到一股遠超過剛才的壓力，施加在我背上。雖然不痛，但是壓迫感相當強烈。一次又一次，簡直像是把全身體重壓在我背上，那股力道讓我不由得吐出呻吟般的吐氣聲。

我知道，這一定就是那個。

既不是指壓也不是手肘，教官用至高的按摩來描述的方法就是──

「吶，小提──被我踩是不是很舒服啊？」

沒錯，就是這麼一回事。

教官正把腳踩在我的背上。

教官展現了暗藏虐待嗜好般的動作，使勁扭轉，不停踩踏我的背部。

距離決戰還剩兩天，我到底在做什麼啊？雖然腦海中有一部分突然恢復冷靜，但是被教官用腳踩的感覺也不讓人反感……

「……還、還不錯。」

「哎呀，是這樣喔？哦～我就知道小提其實喜歡被人家欺負嘛？」

「不、不是這樣。只是教官愛怎麼做我都能容忍而已。」

「哦？那這樣子也可以嗎？」

教官不再踩踏背部，用手把我的身體倏地翻面。

簡單說就是讓我從俯臥變成仰躺。

朝著仰躺的我，教官伸出了她那條美腿——

「……？」

下一個瞬間，我被踩了。

極具魅力的腳底踩中了我的臉。

不，與其說踩踏，感覺更像是被覆蓋住，教官似乎還是顧慮了臉部能承受的力道輕重——

「這、這樣和按摩無關吧……？」

「不過小提應該喜歡這樣吧？哼哼～」

面露搗蛋頑童般的表情，教官用腳底撫摸著我的整張臉。

教官的腳底略為汗濕，但也散發著好聞的味道，讓我有種暈眩般的感覺。

「既然不抵抗就表示喜歡嘛？呵呵，小提真色。」

「這、這是教官的錯吧……？」

「哎，這我不否認。不過小提肯定也半斤八兩喔？」

教官面露誘人的微笑，繼續用腳底踩著我的臉。

對此我毫無抵抗的意志，因此無法否認教官的說法。

「嗯～……不過這樣有點無聊耶。」

「咦？」

「我原本想看小提被踩後因為羞恥而掙扎的反應，但小提完全不掙扎啊。」

「抱歉……」

「算了。沒辦法讓小提害羞感覺有點不甘心，用腳踩就到此為止了。」

教官的腳從我的臉上挪開了。似乎有種鬆了口氣又惋惜的感覺……

「那麼接下來就是正常的按摩了喔？」

不過酒醉的教官當然不可能正常地按摩。她一面在我耳畔輕聲囁嚅，一面揉鬆手臂肌肉。或者是跨坐在我的腹部上，用指頭按壓胸部。總之這類不尋常的按摩持續了好一段時間。

「唉，好累喔……」

最後，教官結束了按摩後，在我身旁躺下。

「呼～按摩其實很消耗體力喔。你知道嗎？」

面露平穩笑容的教官如此問道。但她立刻又轉變話題。

「話說回來，好像很久沒像這樣兩人獨處了？」

「……好像真的是這樣。」

自從莎拉小姐搬進家中借住之後，撒旦妮亞也來了，現在教官的自家就有如分租房屋般熱鬧。

所以，像這樣與教官獨處，的確是睽違已久。

「呵呵，趁著現在姊姊和撒旦妮亞都不在，我來好好品味小提。」

「已、已經品味得很夠了吧？」

「你在說什麼啊？距離滿足還差得遠。」

語畢，教官像是要包覆我的頭部般，給我一個溫柔的擁抱。

我的臉埋入教官的胸前。該處充滿了接納一切的溫暖與柔軟，我不認為有需要掙扎脫離這個狀態。

我也因為久違地與教官兩人獨處，覺得很開心。

因此我覺得不要顧面子，就這麼好好享受這段時光。

「現在什麼都不用想，好好休息就好了喔。」

「嗯……」

「不過，能讓我也撒嬌一下的話，我會很開心喔。」

「這該怎麼做才好……」

「你什麼都不用做。只要這個狀態稍微持續久一點就可以了。好嗎？」

如果只是這點小事，當然沒問題。

我和教官擁抱彼此，橫躺在床上。

聽著帝都大街活絡的嘈雜聲響自遠方傳來。但這個空間中充滿了寧靜，非常讓人平靜。

在這片寧靜中，我們療癒彼此。

這樣的狀態實在太過舒適——

「…………」

不知不覺間，我落入夢鄉。

之後當我醒來時，外頭景色已是黃昏。

教官在我身旁熟睡的模樣映入眼簾。

看來教官也同樣不由得睡著了。

那張睡臉既美麗又可愛，光是看著就讓人心神寧靜。

雖然我想就這樣一直看著教官的睡臉，但是退房的時刻應該已經不遠了。

「教官，請起來。」

我搖晃教官的身子。

「嗯~……再讓我睡五分鐘……」

「可以是可以，不過睡相會被我看光喔？」

「睡相……看光……？」

夢囈般如此呢喃後——

「——咦？」

教官突然驚醒般睜大眼睛。

隨後她的臉倏地變得通紅。

「啊……我不知不覺間就睡著……而且不知為何小提也在……？」

「妳不記得了啊……」

這是教官酒醉後的常見現象。我簡單說明剛才的經過。

「對、對喔……我真是的，喝醉了就陪小提睡覺啊……」

「是的。」

「呃……那個，我有沒有做什麼怪事？」

「不，沒什麼怪事。只是臉被教官踩而已。」

「——咦？臉？踩？我用腳踩小提的臉？」

「是的。」

「對、對不起！我喝醉之後會做出什麼好事，我自己也不曉得……！」

「沒關係的。我不在意。」

甚至覺得吃到了甜頭。

我這麼想著的同時，稍微端正姿勢。

就時間上來看，約會大概就到此為止了吧。

接下來便到了必須回家做好準備的階段了。

不過在進入那階段之前，有件事一定要告訴教官。

那和過往的約定有關。

雖然就時間來說還稱不上過往，不過那約定已經躺在記憶之淵的深處，必須花點力氣使勁喚醒才行。我決定請教官回憶起那件往事。

「教官還記得嗎？」

「……咦？記得什麼？」

「約定。」

「約定？」

「當我取回過往的實力，回到劍士的崗位，教官就願意與我交往的約定。」

在我的王之力尚未覺醒之前，在我們與成功覺醒復活的阿迦里亞瑞普特交戰的前一天，在那天約會時立下的約定。

那天我和教官對彼此發誓。

如果我能恢復原狀，屆時就會正式交往的誓言。

都是因為我太不中用，才會耗費這麼久的時間。儘管如此，我今天終於決定要回到劍士的崗位上——

換言之，實現當初誓言的時刻終於到了。

「當然……我怎麼會忘記呢。」

教官靜靜地對我點頭。

「我反倒覺得小提也許已經忘記了。」

「這怎麼可能。和教官之間重要的約定，我怎麼可能忘記。」

不過，我過去屢次不禁懷疑教官對我的好感。

懷疑教官是否真的喜歡著我。

在她眼中，我是不是並非異性，只是她重視的學生。

不過——仔細一想。

不管多麼重視，對單純的學生實在不可能奉獻至此。

因此我能理解，教官對我抱持著無可動搖的愛情。

而且現在我也恢復為劍士了，我當然必須拋開恐懼對教官表白。

對眼前我心愛的這個人。

雖然害羞，但我必須絞盡勇氣說出口。

「——教官。」

「嗯？」

教官的雙眼直視著我。

緊張頓時膨脹。

我甚至覺得有些想吐。但我還是開口說道：

「請妳——和我交往。」

就只是這麼短的一句話，我卻覺得好像用上了畢生之中最大的力氣。心臟撲通撲通地狂跳。緊張讓口腔乾渴，背上莫名發癢，彷彿恐懼纏身般無法維持平常心。

教官輕輕地擦拭眼角。就像我剛才宣告回歸劍士職位的時候，再度泛起些許的淚光。但是那神情並非哀傷。而是欣喜與害臊彼此混雜的表情，教官同樣直視我的雙眼。

因此——

「小提，謝謝你……我好開心。」

我期待能得到正面的回覆。

然而——

「可是，對不起。」

聽見這句話，我以為心臟停止跳動了。

「……咦？」

我不由得困惑。

混亂使我視線失焦。

「到、到底是為什麼……？」

我驚慌失措，只能如此直接詢問。

「……我真的就單純只是學生而已嗎……？」

「不，不是這樣。」

教官眼神溫柔，搖頭回答。

「我喜歡小提。我不只把小提當作學生，也把小提當作我喜歡的男生。」

「那又是為什麼……？」

「應該是因為，我覺得自己現在還無法與小提並肩而立吧。」

「妳是指……」

「我很弱，對吧？所以我希望你再等我一下，直到我能有自信站在小提身旁，在那之前希望你再等我一下。」

……希望你再等我一下。

聽她這麼說，我首先想到的是——現在的教官就是過去的我。

直到我重新回歸劍士崗位，我讓教官久等至今。

因為我自認，若不取回過去的自己，就沒有資格配得上教官。

現在則是反過來，教官也這麼認為吧？

對現在的自己沒有自信，與重要的夥伴並肩而立讓自己感到內疚。

既然如此——

「我會等。」

我筆直凝視教官的眼睛，如此說道。

「要多久我都等。因為我也同樣讓教官等了這麼久，現在輪到我等教官了。我也不會催促教官。」

「……真的好嗎？」

「這是當然的。只要是為了教官，要我付出多少都可以。」

可不能老是讓教官為我付出。

「不能因為教官年紀比較大就老是令教官委屈，為了讓年紀比較大而時時繃緊神經的教官有個能依賴的對象，我希望自己能當個有包容力的男人。」

「小提……真的是個很棒的男生呢。」

教官眼眶泛淚，面露微笑。隨後在床鋪上爬到我身旁。

「吶，小提，來接吻吧？」

「……？」

「雖然還沒交往，但是我們肯定互相喜歡彼此……」

為了證明這件事——

教官如此說道，閉起眼睛，微微仰起頭。

試煉的時刻突如其來造訪。

懦弱的我為了該怎麼作而迷惘——

（別逃啊……）

我決定誠實面對自己的心情。

我喜歡教官。

眼前的教官令我愛憐不已。

因此下一個瞬間，我已經靜靜地緊抱住教官，讓彼此的嘴唇相印。

和教官這樣接吻，除了她爛醉的時候之外還是第一次。能出於自己的意志表達愛情，對我們來說肯定是莫大的進步吧。

「小提……」

「教官……」

在害臊之中，輕喚彼此的名字。接吻不會僅止於一次。

輕啄般屢次讓嘴唇重疊，彼此面紅耳赤，最後我們終於心滿意足，為了退房而開始準備。

這段時間我們害羞得一句話也說不出來，這也無須贅述了吧。

「那、那今天就回家去吧？」

「說、說得也是。」

我們走出旅館後，在尷尬的片段對話中踏上歸途。然而——

「感覺……不太對勁吧？」

走在帝都的大街上，我察覺異狀。

平常帝都市區總是活絡熱鬧。

但是現在並非如此。

教官似乎也注意到了，接在我之後如此說道。

「……四周都沒有人影啊。」

沒錯，四下無人。

在我們當下走著的區域，不知為何見不到半個人。

明明遠方還能看見行人正常往來，但只有這條街上空無一人。

「……這是驅散人群的魔法吧？」

教官突然如此低語。

既然這樣，難道有惡魔之類的存在在附近……？

然而惡魔的本質就在於襲擊人類。刻意驅散人群沒有意義。

我這麼想著的時候——

「——嗨。」

突如其來。

無法分辨是男是女，聽起來既像老人又像孩童的不可思議嗓音響起。

「好久不見了。你——還記得我嗎？」

在我眼前，彷彿打從一開始就置身該處般，身穿黑袍的人影出現於該處。

「你是——」

黑袍人。我純粹因外觀而如此稱呼之，與惡魔陣營攜手合作的人類之一。

我記得他是「光明會」這個信仰惡魔的組織一員。

一見到那傢伙的身影時，我和教官立刻提高警覺準備迎戰。

但是黑袍人像是預料到我們的反應般，對我們筆直伸出雙手——

「哎，先冷靜下來。我這次可不是來跟你們戰鬥。」

「那麼你驅散人群又是什麼意思？」

「只是預防有人來攪局而已。在人類與惡魔全面衝突的決戰開始前，有些事無論如何都得先傳達給提爾．弗德奧特。」

「……有事想傳達給我？」

我感到狐疑時，黑袍人並未顯露敵意，繼續說道：

「正是如此。與你的父親路西法有關。」

「什麼……？」

「你知道嗎？其實路西法不時會造訪帝國境內。」

「……什麼？」

「路西法啊，不時造訪這座帝都郊外的『天使之丘』。」

——天使之丘。

那地方在過去是天使們的生活之處。

同時也是天使們的墳場。

數百年前，名為天使的種族遭到惡魔滅族。

而祭祀天使們的場所，就是天使之丘。

也有人認為，天使之丘就是當年天使滅亡的現場。

因此此處象徵了惡魔的殘虐性招致的慘劇，使得天使之丘被指定為文化遺產，讓我們這些新世代的人類明白惡魔的危險性，可說是充滿教育意義的場所。

路西法為何造訪這樣的地點？

難道是在自我反省嗎……？

「覺得好奇嗎？那就走一趟吧。」

黑袍人指著天使之丘所在的方向。

「也許會有些收穫喔？」

「事先設下了陷阱？」

「啊哈哈，我才沒幹這種事。哎，不想去的話也用不著去吧？這就交給你來判斷。」

語畢，黑袍人轉身背對我們。

「就這樣啦，今天只是來傳達這件事而已。」

「你到底有什麼目的？」

「哎，這個嘛……借用某人的台詞的話，該說是為了未來吧？」

只留下這句話，黑袍人突然消失無蹤。

不知不覺間，人潮開始回到我們所置身的大街上。

「為了未來……」

格剌西亞．拉波斯似乎也說過類似的話。

為了未來到底是甚麼意思？

你們惡魔陣營所希冀的未來究竟是什麼……？

「小提，你打算怎麼做？」

我不禁陷入沉思時，注意到教官正直視著我的臉。

「要去天使之丘看看嗎？」

「這個嘛……姑且去看看狀況。」

路西法似乎不時會造訪天使之丘。

現在前去該處恐怕也無法見到路西法，不過只要能找到任何查明祕密的線索就夠了。

我這麼認為，與教官一同邁步前往天使之丘。

第二章　託付之物

抵達天使之丘時，天色已經開始轉暗。

「好久沒來到這地方了。」

「我也是。」

上一次已經是訓練生時代的校外教學了。

天使之丘是個整座山丘都有如墓園般靜謐的空間。

此處原本就少有人造訪，在這個時段更是空無一人。

沒錯，所以路西法現在不可能出現在這裡。

但是為了找出路西法不時造訪此處的理由，我和教官開始探索天使之丘。

「教官，請注意腳邊狀況。」

在瓦斯路燈的光線無法觸及之處，大部分已經什麼都看不清楚。而且這地方雖然坡度不陡，終究還是斜坡，也沒有平整的道路。

「那就乾脆牽手吧？」

沒有理由拒絕這句話，我便牽起教官的手。

雖然尚未正式開始交往，但我覺得和教官的心已經完全相繫。

這令我欣喜不已。

「在過去，天使就是在這地方被惡魔消滅的吧？」

「傳說中是這樣沒錯。」

我們手牽著手四處探索，同時憶起有關天使之丘的知識。

「聽說也有天使逃過一劫。」

「就算真是這樣，惡魔曾在這塊土地上大量屠殺天使，這件事也不會改變吧？」

「是啊。」

「那麼為什麼路西法有必要不時造訪這樣的場所？」

「我剛才想到也許是為了自我反省，不過大概只有這個原因絕對不可能吧。」

「為什麼？」

「會自我反省的傢伙，應該不會侵略人類領土才對。」

如果將過去對天使的屠殺視作惡行，路西法為何現在又發出「大號令」？

路西法過去殲滅了天使，現在則意圖殲滅人類。

這種傢伙怎麼可能反省自己的罪過？

「所以你覺得路西法造訪這地方，應該有更複雜的理由？」

「或者是路西法造訪這地方，這項情報本來就只是單純的謊言。」

畢竟情報來自於那個黑袍人。

可信度低到不能更低的程度。

——這時。

『提爾。』

「咦？」

突然覺得有人呼喚我的名字，我轉頭面向教官。

「……教官，妳剛才有叫我的名字嗎？」

「嗯？我沒有啊。」

「是喔……」

那剛才的呼喚聲究竟是怎麼一回事？

只是聽錯？或是幻覺？

回想起來，和今天早上夢境中的人生似乎有些神似。

開口只呼喚了我的名字，面露微笑的某位女性。

夢中的女性的確是天使沒錯。

難道她就是沉眠於此的其中一人？

『提爾。』

呼喚聲再度傳來。

第二次傳來的呼喚聲，感覺好像來自山丘上方。

像是受到那聲音的指引，我邁開步伐。

「小提，山丘上有什麼嗎？」

「我不知道。但是我覺得山丘上頭有些動靜……」

我和教官一同以山丘頂端為目標，不停前進。

在這段過程中，指引般的呼喚聲持續不斷。

最後在我們抵達山丘頂端時，見到一尊灰白的雕像矗立於眼前。

這尊雕像從以前就一直存在至今，據說就是某位天使的塑像。

擁有三對共六片的巨大翅膀，容貌洋溢著慈愛的美麗女性。

守護萬物的最高階天使。

其名為——熾天使瑟拉芬。

身分是統領天使的天使之母。這般敘述透過傳承遺留至今。

『提爾。』

呼喚我的聲音，就來自眼前的瑟拉芬像。

我離開教官身旁，靠近那尊雕像。

彷彿遭遇了朝思暮想的事物，步伐越來越快，甚至有種泫然欲泣的感覺，我也不知道為什麼會有這般情緒，只管著朝著雕像前進。

『這一刻終於到了啊。』

對方第一次發出了呼喚名字之外的話語。

我為此驚訝的時間十分短暫，下一個瞬間，刺眼的光芒自瑟拉芬像為中心開始向外擴張。

「——這到底是怎麼回事……？」

我將手臂擋在臉的前方，連眼皮都緊緊閉上，抵抗光的洪流。不久之後，儘管我閉著眼睛，還是能感覺到刺眼光芒急遽消褪。

我戰戰兢兢睜開眼睛。

我看見——眼前的景色已經不再是天使之丘。

放眼望去一片黑暗。

不，三百六十度都有細微的星光閃爍。

在這片沒有地面而無限延伸的謎樣空間中，人類與惡魔的歷史有如跑馬燈般接二連三顯現而又消失。

這裡就有如守候凡間的神明的居住之處。

「這是哪裡……？」

不只是我，就連教官也被帶進這地方了。

就在這時——

「這場所是我創造的空間。」

第三者的說話聲突然傳到耳畔。

不知何時，有人出現在我背後。

轉身一看，站在該處的正是出現在我夢境中的女性天使。

「妳是……」

「沒必要害怕。這個空間不是為了鬥爭而存在。」

金髮碧眼的女性展現無窮無盡的包容，如此說道。

「……妳是誰？」

我緊張地問道。

於是她不改臉上微笑，回答我：

「我是瑟拉芬喔，提爾。」

相當於天使之母的存在。

擁有三對六片翅膀，最高階的天使瑟拉芬。

她如此自稱。

但我不知為何，對這樣的她懷抱親近感。

到底是為什麼？

恐怕不是因為事前就在夢中見過。

我覺得除此之外，應該有更加深刻的聯繫——

當我這麼想著時，她便逼近到我面前。

緊接著如此說道：

「提爾——我一直好想見到你。」

面露充滿溫柔的表情，伸展雙臂緊緊擁抱我。

雖然擁抱突如其來，但不知為何我毫無抗拒感。

反而有種平靜的感受洋溢心頭。

明明不覺得悲傷，淚水卻自然流下。

她的擁抱之中蘊含著我未曾體驗的溫暖。

「都長這麼大了……」

同時我也察覺她正熱淚盈眶。

正因如此，我頓時明白了。

有個謎題直到今日我仍一無所知。

那就是我的母親。

雖然知道了父親是路西法，但母親的身分依舊成謎。

沒有任何線索，也無從得知。

也許我也根本不曾試圖得知。

因為母親不願撫養我長大，我老早就在心中割捨了母親，視之與路西法同樣無關緊要。

但事實並非如此。

我其實想知道。

也想親自見上一面。

因為我是禁忌之子，至少能確定母親並非惡魔。

並非惡魔的女性會懷上惡魔之子，理由想必非同小可。

母親無法親自養育我長大，也許有無可奈何的苦衷。

一想到這裡，我實在不打算責備母親。

特別是在體驗到這個擁抱之後，實在是辦不到……

「妳……是我的母親嗎？」

我對眼前的天使問道。

同時聽見教官屏息時的細微聲響。

於是我注意到瑟拉芬——我的母親對我點頭。

「……你願意，這樣稱呼我嗎？啊，我好幸福……」

彷彿得到救贖般如此說著，母親更用力抱緊了我。

「是的，你說的沒錯，提爾……我就是你的母親。」

「────」

聽她親口證實，我心中無法按捺的感情有如爆炸般翻騰。

像是累積許久的情感頓時潰堤般，我眼眶泛淚，緊抓住母親。

泣不成聲，哽咽得無法發出隻字片語。

儘管如此，母親還是明白了我的情感，緊緊擁抱著我。

「……一定很寂寞吧？對不起，完全沒辦法和你在一起。」

光是知道母親為了無法一同生活而深感悔恨，我就已經很高興了，同時母親的親切也讓我安心。

只是短暫彼此接觸，我就能理解母親是高潔的人物。

正因如此，我更是無法理解。

為何母親會與路西亞扯上關係？

路西法是惡魔。

明明是惡魔消滅了天使，為什麼母親會……

「那、那個……妳的目的究竟是什麼？」

代替在母親的懷抱中泣不成聲的我，教官為我紡出言語。

「把我和小提帶進這個不可思議的空間，妳有什麼目的？」

「目的有很多。」

依然摟著我，母親繼續說道。

「首先，這個空間是用來聯繫我與你們的場所。簡單說，就是連繫人間與與死後世界兩者之間的夾縫世界。」

這句說明把事實擺在我的眼前。

也就是母親現在已經不在人世上了。

「現在出現於此的我，是為了今天這一刻而事先準備的殘留意志體。我要與你們直接相觸，除了呼喚你們來到這個空間之外，別無他法。」

「母親妳……為什麼叫我們來？」

母親恐怕早已不在人世，這件事我本來就有心理準備。

正因如此，雖然悲傷，倒也還能承受。

我不再流淚，凝視著母親的臉龐。

「有東西必須託付給提爾。」

「……託付？」

「提爾已經變強了。繼承了那孩子的……來自那位王者的力量，現在已經能完全掌控惡魔之力了。也因此那位王者展開行動，而我也呼喚你前來，將力量授予你的時刻到了。」

母親以抽象的言詞如此說完，與我拉開一小段距離，在手中創造出一顆純白的光球。

那顆光球飛離母親的手掌後，隨即被我的身體吸收。

下一個瞬間，龐大的力量盈滿全身上下的感受湧現。

「妳、妳對小提做了什麼？」

「大可放心，米亞．塞繆爾。只是把我的力量授予提爾而已。」

剛才那是母親的力量嗎……？

「提爾，如此一來，你就成為同時兼具最高階惡魔與最高階天使兩者之力的存在了。啊，不，這種說法有語病吧。你原本就持有天使之力，你對惡魔展現的壓倒性攻擊力就是源自於此。這次將其與我持有的力量合而為一，使之變得更加強力。現在肯定無人能敵過你。」

母親看著我，繼續說道：

「所以，請發揮這份力量，消滅這世上的所有惡魔——這就是我要託付給你，最初也是最後的心願。」

口吻中沒有對惡魔的恨意。

聽起來彷彿這出自對惡魔的憐憫，那口吻令人感到慈悲。

「母親……難道不憎恨惡魔嗎？」

「對這問題的確切答案，這個嘛……我確實憎恨著惡魔。但我不恨那位王者。」

那位王者指的是路西法？

所以說母親說她並不恨路西法。

我們之間產生了矛盾。

那可是我憎恨不已的對象，母親為何……！

「——難道是因為妳愛上惡魔了嗎？」

我不禁對母親發洩怒氣。

「妳要為那種傢伙說話嗎！那傢伙……就是那傢伙……那傢伙指揮麾下的惡魔，至今到底殺了多少人，妳知不知道啊？」

「不是這樣……我並非為他說話……他確實是邪惡之王。現在已是邪惡的化身……

——正因如此，非得有人挺身阻止他不可，這也是為了他好。」

這也是為了他好，這種說法讓我感到納悶。

母親果真對路西法懷有特別的情感。

同時卻又授予我力量，要我殲滅惡魔。

這之間似乎有非常複雜的原因。

為了理解這一點，恐怕有必要更加深入追問吧。

「……妳和路西法之間發生了什麼事？」

「對不起……我不能說。」

「為什麼？」

「因為只要你知道了，一定會讓你的雙劍不再犀利。」

「……什麼意思？」

「你不知道也沒關係……提爾，你只要去思考，該如何消滅那位王者與他麾下的惡魔就好了。心中不需要其他任何多餘的雜念。」

如此說完，母親牽起我的手，溫柔地勸導：

「儘管如此，我唯一能告訴你的就是……那位王者自身就期望惡魔的滅亡。而你可說是指引滅亡的聖劍。」

母親說的這番話，我實在聽不出箇中道理。

為何她說惡魔之王路西法希冀惡魔滅亡？？

但是不管有任何理由——

「我知道了……我一定會消滅惡魔。」

路西法是絕對的邪惡。

這一點母親也同意。

那麼我也不需要多想，只要把路西法連同惡魔一併消滅就好。

因為那同樣是我的宿願。

「謝謝你，提爾。」

母親對我表示謝意後，視線轉往教官。

「接下來是米亞・賽謬爾。我對妳也有一個請求。」

「請、請問是什麼？」

「我想妳肯定懷有扶持提爾的覺悟吧？首先請讓我確認這一點。」

「我……」

教官微微俯首，隨後帶著迷惘般開始說道：

「……若問我是否有覺悟扶持小提，我確實有……但是，我沒有扶持小提所需的力量……」

「我並沒有問力量的有無喔。」

母親以溫柔的話語聲如此提醒，再一次確認般問道：

「我問的是妳是否有扶持提爾的覺悟。而且妳確實有這份覺悟吧？」

「是、是的……我已經有所覺悟了。」

「既然如此，我就激發妳的潛力吧。請用那份力量扶持提爾。這就是我對妳的請求。」

母親將一隻手朝向教官，口中念誦的言語有如人類無法理解的咒文。

就在下一個瞬間。

「哇，這是什麼……」

教官全身上下開始噴發出半透明的靈光。

「我已經激發了沉眠在妳體內的潛力。」

「我有這種力量……？」

現在從教官身上能感受到的壓力，過去的她完全無法比擬。

也許該說是強度的檔次直接向上拉升了吧。

「話雖如此，這份力量仍不完全。」

「這、這樣還不完全？」

「是的。只要真心思念某人，為了他人而渴求變得更強，就能夠期望它昇華為完全的力量吧。」

「可、可是我為什麼有這種力量……？」

「因為妳身上同樣流著天使的血脈。」

母親輕描淡寫的這句話，不只是教官，就連我也跟著目瞪口呆。

「我、我身上流著天使的血脈……？」

「繼承天使血脈的家族姓氏有其特徵。例如米伽勒、加百列、拉菲爾、烏列爾、亞茲拉爾、拉傑爾、巴拉基勒……還有其他天使氏族，雖然不知道妳繼承了哪一支血脈，

但妳的姓氏塞繆爾可說是妳的祖先與天使結合的證據吧？也許是模仿伴侶的名字而特別改過吧。」

原來如此，教官的姓氏中藏有這種祕密……

「明明是我自己的家族，我卻毫不知情……」

「妳的祖先與天使結合恐怕是數個世紀之前的往事了。這也是人之常情。若非詳實保留家系紀錄的細心家風，對祖先的身分毫不知情也很正常。」

母親如此說完，對教官面露微笑。

「總而言之，妳身上流著天使的血脈，因此也曾經拯救提爾的危機。」

「……真有過這種事？」

「當提爾還無法掌控王之力而失控時，曾有兩次是妳親手平息了失控現象吧？那份鎮靜的力量，就是妳在無意識之間使用了寄宿於自身血脈中的天使之力，封印了那份狂暴的力量，因此有這樣的結果。」

母親說的大概是討伐阿迦里亞瑞普特後發生的失控，以及與黑袍人戰鬥途中發生的狂暴狀態吧？

確實在那兩個場面，都是教官為我抑制了那股狂暴的力量。

沒想到那居然是出自教官體內潛藏的天使之力……

「……這麼說來，母親一直觀察著我們的動向嗎？」

「是的，在此透過『窗口』能夠於某種程度上眺望。因為作媽媽的總是放不下自己孩子喔。」

母親有些得意洋洋地挺起胸脯，隨後挑起嘴角不懷好意地笑著，用手肘頂著我的側腹。

「話說回來，提爾挑選女性還滿有眼光的，讓媽媽我放心了。」

「怎、怎麼突然講這個……」

「米亞・塞繆爾面對你的時候總是態度誠摯。在家事料理等方面也正努力提升能力，更重要的是絕佳的身材。」

「為什麼說得好像身材重要度排第一……」

「因為身材不好的話，晚上做人的時候不好玩吧？」

「妳、妳是在說什麼啦……」

天使可以有這種言行嗎？

話說就母親的立場而言沒問題嗎？

「和、和小提……做人……啊哇哇……」

然後教官又逕自開始臉頰發燙……

「哎呀呀，是妳年紀比較大，怎麼可以慌慌張張的呢？一旦時候到了，拜託妳一定要好好指引提爾喔？這可是我這個作婆婆的心願。」

什麼婆婆……

不過，她願意接納我與教官的關係，我也覺得很開心。

「吶，我有件事想問母親。」

「要問什麼事？」

「當年我被棄置在人類領土的理由，母親知道不知道？」

「……這件事最後還是會牽扯到那些你沒必要知道的事情。」

「無論如何都無法告訴我？」

「哎……如果你堅持的話，包含我與那位王者間的關係，要對你全盤托出其實也無所謂。就算知道了真相，我也不認為這點程度的事情就會讓提爾對惡魔的復仇意志受挫。因為提爾是個堅強的孩子嘛。」

「既然這樣……」

「但是很遺憾，我剩餘的時間已經不足以解釋一切了。」

「——該不會……」

「是的。就如同我剛才告知的，我的肉身早已經死去。現在的我只是殘留的精神。將天使之力全部轉讓給你之後，這具精神體就註定消逝。」

「怎麼會……」

定睛一看，母親的身軀漸漸自腳部開始化為光點。

還不只如此，我理解到這個空間本身也顯露了崩壞的前兆。

「先、先等一下！既然這樣，只要暫且從我身上取回天使之力——」

「天使之力的轉讓沒這麼簡單。」

「……！」

為什麼啊……好不容易才見上一面，現在馬上就要永別了，這一切都讓我難以接受。

「早知道就先把一切都告訴你再轉讓就好了……結果我到了最後都無法成為一位好母親啊。」

「……沒有這回事。」

我握緊了母親的雙手，筆直凝視著她的雙眼。

「雖然時間很短暫，但光是這段時間我就明白母親是個好人了。」

「哎呀，謝謝你。媽媽很開心喔。」

母親笑得惹人憐愛。

「我才想對提爾這麼說。你成長為很棒的男生，真是太好了。在沒有父親也沒有母親的惡劣環境下，被人稱作禁忌之子而遭受歧視，卻能成長為這樣正直的個性，真的除了奇蹟二字無以形容。」

「倒也沒這回事。不管是禁忌之子或孤兒，還是有很多好人。」

「不過在這之中，我覺得你是出類拔萃的優秀孩子喔？」

「這是母親的偏袒。」

「是啊，肯定是這樣吧。」

儘管愉快地笑了笑，母親的眼角倏地湧現哀傷神色而揪起。

「……真是不應該。我一直下定決心在離別的時候要面帶笑容……不過和提爾講話太開心了，忍不住覺得不想分開……」

她一面如此說著，一面擦拭眼角，但眼淚仍止不住地自眼眶泛出。

我也跟著泫然欲泣。

但是我強忍住淚水，抱緊了母親的身軀。

「雖然不知道要幾十年，但是等我去妳那邊的時候，再繼續聊吧。」

「……約好嘍？」

「嗯，約好了。」

「……請不要忘記我託付的心願喔？請一定……要親手消滅那位王者，以及所有惡魔。」

「我明白。」

「還有……」

母親停頓半晌，看向跟著啜泣的教官。

「米亞・塞繆爾……謝謝妳為提爾帶來希望。當年幼的提爾置身於歧視之中而絕望時，多虧有妳拯救了他，才能將這份希望延續至今。」

「沒這回事……我只是……做了理所當然的事情而已……」

「但是辦到這件事的唯獨妳一個人，這代表了妳的非凡。是妳指引了提爾。日後還請妳陪伴提爾一起走下去。」

「好的……」

教官帶著哽咽的回答響起後，母親再度看向我。

「提爾，如果你真想得知一切……就去問那位王者吧。」

「……問路西法？」

「是的。如果他尚未被黑暗吞噬，他應該會願意告訴你。」

輕聲說完，母親再一次抱緊我。

那身軀已經有一半以上化為光點。

空間也爬滿了龜裂，逼我理解離別的時刻已經迫在眉睫。

「謝謝你，提爾……在最後能見到你，真是太好了。」

「嗯。」

「我真的比什麼都要愛你，知道嗎？」

「我也一樣。謝謝妳，母親。」

我們交換簡單的道別後，母親那張笑中帶淚的表情化作光芒而消失。

她口中死後世界與人世間的夾縫——這個空間也跟著消失。

下一個瞬間，我和教官已佇立在天使之丘的頂端。

「我們回來了啊……」

「好像是這樣。」

天使之丘的情景看起來一如往常，讓我不由得懷疑與母親的邂逅說不定只是單純的幻想。

儘管如此，那既非夢境也非幻想。

而是確切的現實。

證據就是我在身體深處能感覺到母親的力量。

我嘗試啟動血之活性並展開王之翼，發現過去漆黑的王之翼已經重生為宛如母親的翅膀那樣純白的顏色。

最高階惡魔與最高階天使的力量彼此結合，成為我的新力量。

「……好美。」

「是的。教官剛才被激發的潛力應該也沒變？」

「嗯，雖然靈光消失了，但應該沒問題。」

既然如此，我們就必須使用母親授予的這份力量，殲滅惡魔。

這就是我和母親的約定。

「不過我的力量似乎還不完全，希望能一面扶持小提，在決戰的過程中使之成長才行。」

「雖然母親剛才要教官扶持我，但我想要的不是受到教官扶持，而是與教官並肩同行。」

「是啊，我也是。」

唯獨並肩同行，屆時我們才能建立更深一層的關係。

為了這個目的，我們也得更加努力才行吧。

於是，決戰前的休憩成為了意義重大的時光。

皎潔的滿月正高掛在初秋的天空中。

幕間　無可取代的同儕

「「乾杯。」」

在平常的酒吧中，我們讓玻璃杯彼此輕觸。儘管決戰就近在後天，我和瑟伊迪今晚還是像這樣照常見面。不，正因為決戰在即，更覺得應該好好珍惜這樣的日常時光，所以我讓小提先回家，自己則約瑟伊迪出來見面。

「雖然說乾杯，不過米亞還是老樣子，喝的只是果汁啊。」

「老樣子有什麼不好。這時候刻意做些特別的事肯定不會有好下場。」

「的確是。要是觸了霉頭也不好。」

瑟伊迪微笑著啜飲杯中酒液，輕呼一口氣之後，緩緩說道：

「話說回來，雖然在這種狀況下，妳跟提爾之間有什麼進展嗎？」

「算是……有吧。儘管還不算正式開始交往，但應該算是走到類似的關係了。」

「哦，那真是值得恭喜，不過……嗯～真讓人焦急啊！為什麼都到了戰爭即將爆發的狀況，還停留在這種不上不下的關係啊？正常來說應該會上個床吧？」

「這、這是哪種正常啦！」

「不，我覺得很正常！說不定後天就要死了，為了不留下悔恨，把想做的事情全部都做過一遍，這不是很自然的嗎？」

「我……也許討厭這種想法。」

不理會瑟伊迪營造的胡鬧氣氛，我認真回答：

「不留下悔恨或是不留下遺願，當然這種想法也是人之常情，不過我覺得這態度並不正面。這種想法建立在彷彿已經確定未來一片黑暗的負面情緒上。」

這樣真的對嗎？我不禁這麼想。

我覺得如果還有力氣去消除遺願，不如把所有心力花費於牽引光明的未來靠近。

畢竟只要能開創光明的未來，接下來要肆無忌憚地享受也可以嘛。

「況且我現在還沒辦法與小提並駕齊驅，這種事我有點……」

「唉，想法真是古板……」

瑟伊迪雖然傻眼，但隨後便忍俊不禁，開始笑了起來。

「哎，米亞就是這樣的女人啦。」

「是又怎樣？有什麼意見？」

「當然沒有。在這種時候也毫不改變的米亞非常可靠。拜託妳在後天的作戰也同樣要展現那可靠的身影喔？」

「話說這次的作戰計畫，瑟伊迪也在最前線吧？」

「就是啊。不過如妳所知，最近我負責的都是櫃台小姐的職務。」

「沒問題嗎？該不會小腹變得鬆垮垮，身手越來越遲鈍？」

「才、才沒有這回事！」

「我瞧瞧。」

「呀！……等等啦，米亞！不要捏我的肚子啦！」

「哎呀，比想像中緊實呢。」

瑟伊迪的小腹相當苗條。

「我剛才不就說過了嗎？別看我這樣，有些小任務我不時會自己去解決喔！」

「是喔～」

到底是哪種任務會指派給瑟伊迪？

哎，不過也沒必要現在追問吧。

「無論如何，後天不管是妳或我同樣都別死了。」

「是啊。我們要是死了，同屆的就全軍覆沒了。」

「哎，真是傷心的世界。」

「正因如此，我們一定要改變這樣哀傷的世界。」

「是啊。別再有人白白送命的世界……」

「「由我們親手開創。」」

我和瑟伊迪異口同聲說道，將彼此的拳頭互相輕碰。

第三章　為了開創未來

反抗作戰前夕。

經過昨天一整天的徹底休憩後，今天是前往作戰執行地區的移動日。

我和教官與莎拉小姐一同搭乘列車開始移動。

撒旦妮亞也與我們同行，但是不能讓她就這麼跟眾多葬擊士共處，因此抵達現場後我打算請她施展消除身影的魔法。

「話說昨天妳去了哪裡，又做了什麼？」

我對坐在身旁的撒旦妮亞問道。撒旦妮亞並未與我們一同前去購物，不知為了前去何處而外出，回來時已經是夜裡了。

「偵查啊。昨天我在確認惡魔方的動靜。」

「結果如何？」

「不出所料，大規模部隊已經展開陣勢。按照那個行軍速度，肯定在明天就會正面衝突吧。」

「這樣啊。」

正合我意。否則就無法徹底擊潰。

「話說回來，提爾果然還是適合拿劍啊。嘻嘻嘻。」

莎拉小姐在對面的座位上，與教官並肩而坐。她看著我如此說道。

我現在將莎拉小姐細心整修過的雙劍架在手肘關節處，攬在懷中。擺在載貨區雖然比較不礙事，但是這武器已經遠離我好一陣子了，我希望能讓自己更熟悉這對雙劍，於是在搭乘列車移動時也擺在身旁。

「今天早上我用一束稻草試切，出類拔萃的銳度還是不變啊。」

「這不是當然的嗎？這可是我艾爾特．克萊恩斯細心整修的成果。我敢說甚至比當初鍛造完成時更加強力了。」

「話說莎拉小姐會向旁人公開自己的身分就是艾爾特．克萊恩斯嗎？」

既然身為後方支援的鍛造工匠參戰，應該無法免於惹人注目吧？

「哎，我會像天聖祭那時戴上面具吧？但不會扮男裝就是了。工作上很礙事。」

「說到公開與否的問題，關於小提的力量，也還沒告知上級吧？」

教官突然如此說道。

她口中我的力量，指的就是血之活性和王之翼吧？

我第一次展開王之翼、啟動惡魔化是在與阿迦里亞瑞普特交戰那時，但在戰後報告中，我確實沒有報告自己的力量。

原因在於，一旦坦承我能使用的惡魔之力遠遠超過平常的禁忌之子，我實在沒把握自己會受到何種待遇。

但是——

「前些日子，我向上級分享有關格剌西亞．拉波斯的情報時，已經告訴上級了。」

「這樣喔？」

「是的。反應出乎意料地平靜，而且甚至積極想依靠我的力量。這次的反抗作戰的計畫想必就是把我的力量當作前提而策劃的。」

反抗作戰的計畫。

其全貌非常單純。

「我記得是……為了把小提當作對決路西法的王牌，除了小提之外的前線部隊全部都負責殺出一條血路，抵達路西法的置身之處，屆時再派出保留實力的小提，大概是這樣吧？」

在繼承母親的力量之前，我的力量在人類之中已經鶴立雞群。

正因如此，上級策劃了這樣的作戰計畫。

「老實說，我覺得這種計畫大有問題就是了。」

「因為太過依靠小提了？」

「不是，為了讓我消耗體力並抵達路西法所在的大本營，附近的前線部隊都會被當作棄子。」

要突破惡魔的重重陣線，恐怕——不，絕對非同小可。

想必困難至極吧。

為了開闢這條血路，肯定會有許多葬擊士犧牲性命。

「不過一切都是為了勝利啊。」

撒旦妮亞輕聲說道。

「人類應當選擇的戰略之中，顯然這才是最合理的手段。人類之中能擊敗路西法的唯有你一人。既然如此，讓你維持最佳狀態抵達路西法面前，這方法再合理不過了。為達成目標，那是不得不的犧牲。」

「……也許吧。」

不過，我認為母親給我的力量就是為了避免如此。

我認為母親的力量不只是為了殲滅惡魔，同時也是為了盡可能避免我方死傷，才會賦予我壓倒性的強度。

我不打算坐等通往路西法的道路在我眼前以鮮血鋪成。

我也同樣會以這雙手開拓通往未來的道路。

——最後。

列車抵達了最靠近作戰展開地區的車站。

我們自該處騎馬趕往現場。

目標是羅基尼亞大平原。

過去曾與阿迦里亞瑞普特交戰的場所，那區域就是最靠近惡魔領域的人類領土。

人類聯軍在該處紮營並設立指揮所，決心在此一決死戰。

「嗚哇，真壯觀。」

驅策馬匹奔馳一段時間後，營區映入眼簾。

已經戴上面具的莎拉小姐目睹那情景而訝異。

確實十分壯觀。

來自人類領域內諸多國家的無數葬擊士接到召集，前來此處。

人數肯定不下數百、數千吧。

數以萬計的葬擊士現在齊聚一堂。

但是，一想到惡魔的數量想必更在這之上，心情就不由得有些消沉。

「那麼我就到後方支援隊的帳篷那邊報到了，暫且分頭啦。」

語畢，莎拉小姐離開我們身旁。

「哎呀，看來人類其實滿有本事的嘛。」

消抹自身的身影（只讓我們能看見），飄浮在半空中的撒旦妮亞如此說道。

「什麼意思？」

「人類竟然能召集這麼多戰力，以及編列指揮的組織能力，都讓我吃驚啊。乾脆早點動手不是很好嗎？」

「話雖如此，最好的還是均衡狀態啊。」

均衡狀態就是雙方都無法向對方出手。

儘管並非永久，但在均衡狀態持續的過程中，能暫時維持和平。

過去長期以來，人類與惡魔之間就很接近均衡狀態吧。

至少人類不願意輕率地刺激惡魔，進入戰爭狀態。

「但是這次惡魔顯然擺出了征服人類的陣勢。所以人類除此之外別無他法了。」

我敢說沒有人期望戰爭發生。

話雖如此，卻也不願意默默遭受侵略。

所以我們選擇反抗。

為了抓住和平的未來。

「妳也出一份力吧，撒旦妮亞。」

「用不著你說。我就是為此才跟你來到這裡。將軍級以下的貨色不管來多少我都能隨手殺光。」

真是可靠的一句話。

「那麼小提，接下來我們也前往前線部隊的帳篷吧。」

「知道了。」

我和教官一起，在廣大的紮營區中前進。

抵達了目的地的帳篷附近後，我們下馬，進帳篷報告我們抵達。

向指揮官等人打過招呼後，在下午的作戰會議開始前有一段空閒時間。

我身為反抗作戰的軸心，也許是因為原本就有名氣，其他國家的葬擊士也不時找我搭話。

在此我與七翼的精銳部隊「圓桌」的前同事們重逢，作戰會議的時刻轉眼間就逼近了。

我和教官前往臨時的作戰會議場。

作戰會議的內容主要是複習各部隊的戰術。

為了讓我能保持充沛的體力抵達惡魔領域最深處的路西法之城，以「圓桌」為主軸的數千名前線部隊將會不停進攻，突破惡魔的戰線。

作戰計畫若用文字描述就是這麼簡潔，在實際上的戰場上執行起來雖然也很單純，但單純絕不代表簡單。

危險度就與我多次預想的相同，死亡肯定隨時都會在身旁徘徊。

但是，進攻時應該能運用我的力量，讓死亡的腳步遠離。

在我如此盤算時，作戰會議已經結束，為準備明天開戰的自由時間到來。

我和教官一同離開作戰會議的場所，漫無目的地閒晃。

「話說都沒見到撒旦妮亞啊。」

「要找撒旦妮亞的話……」

四周都是人類感覺沒有容身之處，提爾又不理睬我——在作戰會議開始前，我見到如此嘀咕抱怨的她飛往紮營區的邊緣處。

「簡單說就是鬧脾氣吧……」

教官神色無奈。

「……雖然這舉止很符合她的外觀，不過撒旦妮亞其實有好幾百歲吧？」

「哎，人類也一樣啊，有些人老了反而變得孩子氣……」

之後再去關心她的狀況吧。

「——提爾、米亞。」

此後又有幾位葬擊士找我搭話，在談話中度過一段時間後，我注意到瑟伊迪小姐來到我們面前。

「哎呀，瑟伊迪，終於見到妳了。狀況怎麼樣？」

「當然已經無可挑剔了。我已經做好萬全準備，讓妳見識櫃台小姐的潛力。」

「真的沒問題？身手沒變遲鈍？」

「哼哼，可別瞧不起人喔。我明天就會和這柄匕首一起將惡魔切成碎片！」

語畢，瑟伊迪小姐展現武術演練般的動作，發出「喝！哈！」的吆喝聲。但在下一個瞬間——

嘎滋！

不妙的聲音響起，瑟伊迪小姐頓時當場趴在地上。

「我、我的腰……！」

「啊！瑟伊迪！妳沒事嗎？」

瑟伊迪小姐四肢伏地而無法動彈，教官目睹這狀況而手足無措。

不久後擔架抵達此處，瑟伊迪小姐被扛到擔架上頭，送往醫療帳篷……她沒事嗎？

「嗚……瑟伊迪，我一定會為妳復仇的。」

根本沒有仇人啊。但在這氣氛中很難說出口。

就在這時，醫療班的人叫住了我。

根據對方所說，他們正趁著自由時間的空檔檢查葬擊士的健康狀態，因此希望我到空著的醫療帳篷接受診斷。

教官也決定要接受診斷，我們暫且分頭行動。

「好了，下一位請進～」

我在某間獨立帳篷前排隊，順序輪到我，我便走進裡頭。

接著——

「哦？什麼嘛，是提爾小弟嘛。」

「呃？路米娜小姐？」

真沒想到，在帳篷中等待的醫療人員就是路米娜小姐。她是惡魔研究領域的頂尖學者，也是被分類為帝國五大貴族的波普威爾伯爵家的千金小姐。

「路米娜小姐也被召集到這裡？」

「是啊。雖然很麻煩，不過上頭希望能徵求熟知惡魔行為模式的專家提供意見，即時更新作戰計畫。」

換句話說，她在此的身分是戰術兼戰略參謀吧。

「但是妳怎麼會跑來醫療班？」

「好像是因為人手不足啊。因為人家也有醫師執照嘛，就被拉過來當救兵了。」

原來如此。我點頭回應後，路米娜小姐面露不懷好意的笑容。

「呵呵，人家正好對這工作有些厭煩了。不過要是能檢查提爾小弟的身體，那就是另一回事了啊。」

「……我不會讓妳解剖喔。」

「別擔心別擔心，真的只是看看而已，因為一定要檢查一下嘛。」

路米娜小姐的十指蠢動著，雙眼綻放光芒。

雖然感覺沒好事，但現在也只能乖乖讓她檢查了吧。

「麻、麻煩妳了……」

「好耶！那首先就從口腔開始。來，把嘴巴張開，啊～～」

「啊、啊～～……」

「哦？這就是提爾小弟的口腔啊。舌頭顏色真漂亮。這舌頭已經和米亞大姊的舌頭熱情交纏過了？」

「——噗！」

因為她突然拋出奇怪的問題，讓我不禁噴出一口氣。

「哦哦～？你好像很慌張喔……嗚哇，該不會真的做過了？」

「沒、沒有啦！」

雖然接吻過，但不是那種舌吻，這不算是謊言。

「那就跟人家試試看吧？」

「……不了。」

「哎，要是讓大姊發現下場一定很恐怖，人家也無法平安脫身。言歸正傳，喉嚨好像也沒問題。好啦，接下來讓人家聽聽看喔。」

路米娜小姐取出聽診器，我則掀起上衣的下襬，讓上半身裸露在她面前。

「還是老樣子，真是結實啊……」

「可以不要這樣一直盯著看嗎？」

「……有什麼關係？又不會少一塊肉。」

路米娜小姐一邊說，一邊讓自己的手指在我身上四處遊走。

「等、等一下，妳想幹嘛……」

「——這具身體，一定要完好無缺帶回來喔？」

「咦？」

路米娜小姐認真的語氣，讓我一時之間可說吃驚至極。

她擺著嚴肅的表情繼續說道：

「明天開始的反抗作戰，能和人家約好一定能平安完成作戰計畫嗎？」

「這……」

我短暫支吾其詞。但隨後立刻斷言道：

「當然。我一定會擊殺路西法，為人類帶來勝利。」

「真的喔？萬一失敗了，到時候要怎麼懲罰你？」

「我不會去想失敗的可能性。因為這種未來絕對不會到來。」

「哦？還真敢說。」

淺淺一笑，路米娜小姐把臉湊向我。

「那你就得好好加油才行喔？所以啦，用這個預祝你勝利吧。」

啾。突如其來，路米娜小姐在我額頭上輕輕一吻。

也不理會手足無措的我，路米娜小姐面露微微羞赧的表情，捉弄般輕聲說：

「聽好嘍？剛才這件事一定要對大姊保密喔？」

「——什麼事要保密？」

一股寒意頓時爬上我的背脊。

眼前的路米娜小姐也臉上失去血色。

「咿……大、大姊找人家有事嗎……？」

如我所料，就在我背後的帳篷入口，教官似乎正站在該處。

「沒什麼事，只是莫名有種不好的預感，我才會跑來看看小提的狀況，結果……我說路米娜，妳到底在幹嘛……？」

「表、表現親愛之情……」

「殺了妳喔。」

「饒、饒命啊！」

「哎，算了啦。總之快點幫他檢查看看。」

「這、這是當然的嘛。」

「要是再做什麼怪事，下次我可饒不了妳喔？」

教官低聲甩下這句話，離開了帳篷。

「呼、呼……大姊感覺起來怎麼好像比之前更恐怖了？」

大概是和我的關係有些進展，才會有這樣的結果吧——

不過要親口說明這件事還是有些害臊，於是我便搪塞說：也許是開戰在即讓她心情煩躁吧。

好不容易平安度過了路米娜小姐的診斷時間，之後我決定去找鬧脾氣而飛往營區角落的撒旦妮亞。

「我去也只會有反效果吧。」

教官如此說道，並未與我同行。

「……嫉妒心比母親還重是怎麼回事？」

不限於教官，只要我和他人有所接觸，撒旦妮亞似乎都會因此不快。

撒旦妮亞是我的保姆。因為是養育之親，撒旦妮亞與我共度的時光壓倒性地比母親還要更長。

考慮到這一點，撒旦妮亞的占有慾比較強也是當然的吧？

「……找到了。」

我來到營區的角落處信步而行，比想像中更快就找到撒旦妮亞。

在這個幾乎沒有人蹤的場所，她蹲在地面上不知在做些什麼。

「妳在做什麼啊？」

「哦哦，提爾。」

她轉頭面向我，面露純真的笑容如此回答：

「我擊潰了螞蟻巢穴喔。」

「妳笑著說什麼話啊？」

「這可是消除壓力的最佳手段喔？」

「別用這種方式排解壓力。」

「那提爾要陪我一起玩嗎？」

「就算要玩，在這一帶沒辦法。」

和隱藏身影的撒旦妮亞一起嬉戲的情景，看在旁人眼中想必腦袋不正常吧。話雖如此，也不能讓她現出身影。

「這樣的話，就到那邊的樹林散步如何？」

此處雖然名為羅基尼亞大平原，但各處都有樹林零星分布。附近就有樹林密集的地帶。

「光是這樣就很夠了嗎？」

「只要能和提爾聊天就很夠了。」

「這樣的話，是無所謂……」

也沒必要回絕，我便與撒旦妮亞一同走在樹林中。

「你還記得嗎？」

「妳指的是什麼？」

撒旦妮亞踩著雀躍的輕盈步伐走在樹林中，以懷舊的語氣悠悠呢喃。

「你小時候是個常常抱著樹的孩子喔。」

「什麼……？」

「而且還說長大後的夢想是變成甲蟲。」

「……真的嗎？」

「嗯，是個非常非常可愛的小孩子喔。」

語畢，她轉身看向我，笑道：

「當然現在也很可愛。」

「別這樣。」

「也對，現在不該說是可愛，也許該說帥氣才對。」

「…………」

撒旦妮亞也不輸給母親，已經超越了偏袒，到達溺愛的程度了吧。

仔細一想，撒旦妮亞實在非常驚人。

我並非她的親生子嗣，她卻為了我而背叛惡魔陣營。

我——真有辦法報答她的恩情嗎？

「吶，撒旦妮亞。」

「嗯？」

「有什麼事希望我為妳做嗎？」

「怎麼突然問這個？」

「我想報恩。」

「什麼恩？」

「當年是妳養大了我。現在甚至不惜背叛惡魔也要陪伴在我身邊。我對這些恩情目前還沒有任何回報。所以——」

「提爾啊。」

撒旦妮亞突然停下腳步，仰頭看向我。

那眼神雖然認真，但蘊含著溫情。

「這種事情，你用不著去想。」

「……咦？」

「我不是為了想賣你人情才撫養你。背叛惡魔也同樣。我只是想這麼做，所以才這麼做，而你也沒有必要回報我。」

「可是……」

「況且要說恩情的話，你已經回報了啊。」

「什麼意思？」

「你像這樣接納了我——光是這樣就已經很夠了。」

「撒旦妮亞……」

實在無法與惡魔聯想的一句話，讓我深受感動。

雖然母親說我成長為正直的個性，但也許那正是撒旦妮亞撫養我的結果。儘管記憶被封印了，不過我敢說撒旦妮亞的教育影響肯定長久留存於我的精神深處。

「不過，你覺得想報恩還是讓我很開心。你會萌生這種體恤之情，就代表你也成為大人了啊。」

欣慰地如此說道，撒旦妮亞再度邁開步伐。

「接下來就該輪到我更加成長了吧？」

「什麼意思？」

「該放孩子獨立了。」

「妳打算離開嗎？」

「我沒這個打算。」

撒旦妮亞感觸良多地呢喃說道。

「單純只是覺得，應該更加放寬心胸接納你和他人的關係。特別是那個乳牛女。你就是喜歡那傢伙吧？」

「是沒錯……」

「既然這樣，我也會努力接受那傢伙。不過也希望那傢伙好好努力。若無法成為配得上提爾的女性，我就沒辦法把提爾的一切交付給她。」

「教官也正在努力了。為了與我並肩同行而努力。」

「既然你這麼說，我會期待她的努力實現的那一天。」

撒旦妮亞如此細語，但她臉上的不悅已經消失。

在這之後，撒旦妮亞說與我散步已經讓她心滿意足，於是她便像昨天那樣，外出偵查敵情。

我回到紮營地與教官會合，漫無目的地閒聊。

有一句沒一句地交談著，天空漸漸染上橙紅。

同時誘人的香氣不知從何處傳來──

「啊，該吃晚餐了。」

就如教官所說，在一小段距離外的位置似乎正烹煮晚餐。

我們前去一看，見到浴缸般的大鍋豪爽地直接架在火堆上頭，燉煮材料豐富的濃湯。

大鍋當然也不只一個。為了填飽數萬人的胃，在各處一共有數百個大鍋正在燉煮濃湯。堪稱是大規模的露營現場。

儘管賭上性命的戰鬥明天就要展開了，營區的氣氛卻熱熱鬧鬧。在大鍋周遭，等不及濃湯完成的男人們扯開嗓門豪爽高歌，那歌聲則誘發更多笑聲，營造出異樣愉快的空間。不久後——

當大鍋中的濃湯完成，便一一分裝到紙製的簡易深皿中，眾人則爭先恐後般一一取走。

我和教官好不容易取得了自己的份，找了個安靜的地方開始用餐。

就在這時——

「著名的兩位，看你們一直都走在一起，該不會正在交往中？」

甚至有陌生人如此捉弄我們。我們也覺得害臊，決定在用餐時分頭行動。

於是我一隻手拿著湯，四處晃蕩——

「啊，提爾～！」

這時我聽見耳熟的聲音在身旁響起。

視線轉向該處，發現夏洛涅的身影出現在不遠處。

夏洛涅和我一樣手拿著湯匙，有如見到主人的狗，猛然奔向我。

見到那模樣，讓我不禁鬆了口氣。

「終～～～於見到你了！這地方人多成這樣，要找個人都很累人耶！」

「妳同樣接下來要吃晚餐？」

「要一起吃？」

「可以啊。」

「好耶！」

夏洛涅面露雀躍的笑臉。但就在這時——

「小不點別想獨占所有甜頭。」

艾爾莎倏地出現在我和夏洛涅之間，讓我差點失手打翻濃湯。妳是從那裡冒出來的啊？

「我不是叫妳不要這樣神出鬼沒……」

「這不重要，希望你直接喝我的湯。」

「喂、喂！妳暫停一下！幹嘛開始脫褲襪和內褲啊！」

「因為不這樣就沒辦法請提爾喝。」

「妳想給他喝什麼啦！」

「小——」

「接下來就要用餐了耶，妳是傻子喔？」

「傻瓜說傻瓜才會說人是傻瓜。」

「什、什麼意思啦？」

夏洛涅怒斥，而艾爾莎回嘴，這樣的對話讓我覺得莫名地懷念。都來到這裡了還能聽到她們吵嘴，某種角度來看也算是幸福吧？

「艾爾莎也要一起吃？要怎麼決定都隨便。」

「要吃。」

「她這樣說了，夏洛涅有什麼意見？」

「哎，可以是可以啦，畢竟今天特別嘛……話說米亞姊沒和你一起嗎？」

「喔……有點事。」

「如果米亞不在當然最好。」

「這倒是真的。」

「喂、喂。妳們兩個……」

兩人難得意見相同，下一個瞬間便占據了我的左右兩側，各自攬住一條手臂。

「有什麼關係？」

「嗯，決戰都要到了，應該開心度過。」

「妳們兩個這樣一搭一唱感覺很噁心……」

「先不管這個，那邊好像有一座氣氛不錯的山丘。在山丘上一邊眺望遠景一邊吃吧？」

「在吃飽之後，希望你連我一起享用。」

「……誰理妳啊。」

「過分。」

「過分的是妳。」

如此交談後，我們來到了夏洛涅所說的小丘上。

雖然仍有不少人也在場，但我們依舊找到了絕佳的位置，三個人一起開始用餐。暫且忘掉明天的大戰，聊著無關緊要的話題，在裝濃湯的深皿見底之後，我們還是一直待在這地方。

不知不覺間天色已經轉暗。來到了群星閃爍的時間。

能聊的話早已說盡，一時之間也找不到話題。

「之後——」

夏洛涅突然說道。

「還會有機會像這樣三個人一起聊天吧？」

「當然會有啊。」

「真的嗎？」

「那我反問妳，幹嘛那麼擔心？」

「因為……」

夏洛涅稍微垂下頭，之後繼續說道：

「明天起，大概會有很多人死掉。」

「我不會讓它發生。」

「這種事……」

「妳想說我辦不到嗎？哎，當然我也覺得絕對不可能降到零，但我會盡量保護。我覺得我的力量就是為此而存在。我不會把前線部隊當作棄子，道路由大家一起開闢。」

但是，肯定還是有人無法得救。也有人會因此犧牲吧。

我也不希望夏洛涅或艾爾莎成為其中之一，因此我趁現在先說：

「不過，要是覺得危險就逃走吧。陣前叛逃是重罪之類的，不用去想這些事，只要覺得危險就該逃走。逃命，活下去。和我這樣約定。」

夏洛涅和艾爾莎沒有點頭。

大概是因為她們有身為葬擊士的矜持吧。

正因如此，我更下定決心一定要保護她們。

我們解散，各自行動。為了盡可能提升生存的可能性，我們決定盡早就寢補充體力。不只是我們，紫營區的所有人類幾乎都這麼認為，除了守夜人員之外，大多數人都早早入眠。

有一定實績的人員能分配到空間狹小但可以獨自使用的帳篷。

我也是有獨立帳篷的身分，因此我把身體擠進那狹小的空間中躺下。

教官同樣也有自己的帳篷吧。就算沒有，這裡也有女性專用的大型帳篷，在那邊應該能安心睡眠才對。

我閉上眼睛，嘗試入睡。

但是意識清醒。一想到明天，感情就隨之亢奮，阻擾睡意到來。

就在這時。

「……提爾還醒著嗎？如果你已經睡著，我就回去了。」

帳篷的入口處靜靜地被推開，細語般的疑問聲傳來。

帳棚內幽暗而無法看清來者，但是那嗓音讓我理解到那道身影是誰。

「莎拉小姐……？」

「就是我。看來你還醒著啊。」

「妳來找我做什麼？」

「夜襲。」

「啥？」

「這是玩笑話。如果你睡不著的話，想請你陪我聊聊天而已。我也睡不著。到處去問人家提爾的帳篷在哪裡，才知道是在這地方。吶，我可以打擾一下嗎？」

「哎，是這個原因的話……」

反正也不是什麼不應該的理由。我便同意莎拉小姐進來。

莎拉小姐摘下面具，嚶嚀一聲並坐到我身旁。

「單人用帳篷，比想像中還舒適呢。」

「莎拉小姐也有分配到嗎？」

「嗯。但是我睡不著。」

「這也沒辦法。」

在這種環境下又有幾個人能熟睡？

「不過提爾重要到不能用沒辦法就一語帶過吧？我畢竟只是在後方支援，提爾則是戰略的軸心，要好好睡飽才行。」

「是沒錯。」

她說的有道理……就立場來看，我必須盡可能讓體力保持充沛。

「聽一些無聊話題的時候，就會自然想睡吧？」

「……像是校長或長官在訓話之類的？」

「對啊對啊。所以我現在來講些無聊的話，幫助提爾一夜好眠吧。我自己也許同樣會想睡。提爾可以躺著喔。」

聽她這麼說，我便順從地躺下。

「這是某一對姊妹的故事。」

如此開場後，莎拉小姐以平穩的口吻開始描述：

「那一對姊妹常常吵架。吵架的理由總是因為姊姊搶走了妹妹重要的東西。」

這不就是說教官和莎拉小姐……？

「姊姊的慾望無窮。老是像這樣搶走妹妹寶貴的東西，覺得很滿足。妹妹反而沒有那麼多慾望。寶貴的東西被姊姊搶走的瞬間，雖然會生氣，但在這之後就會乾脆地放棄，那孩子就是這麼淡然。也不會嘗試搶回被奪走的東西，漸漸地妹妹就不再把事物看得太重要了。」

「……因為最後一定會被搶走？」

「對。但是妹妹隨著年歲增長而成長為大人時，發現了非常寶貴的東西。那是位年幼的少年。比起重要的東西老是被姊姊搶走的自己，那個少年悲慘得超乎想像，因為少年就連尊嚴都被奪走了。妹妹覺得自己必須想辦法為少年做些什麼，把少年擺到自己的中心。於是不出所料，過了一段時間後貪婪無厭的姊姊就來搶奪那位少年了。不過妹妹和過去不同，選擇正面與姊姊對抗。因為唯獨這位少年，妹妹不想讓姊姊奪走。」

「……意思是那位妹妹有所成長了？」

「與其說成長，不如說反應了她重視少年的程度。」

莎拉小姐這麼說完，盯著我的眼睛瞧。

「所以說，提爾你啊，一定要在和平的世界中讓米亞得到幸福喔。」

「所以剛才那些，果真是教官和莎拉小姐的往事吧？」

「是沒錯啦。反正也很明顯。」

「莎拉小姐……覺得這樣也沒關係嗎？」

「嗯？」

「這次不橫刀奪愛，這麼乾脆就放棄嗎？」

「直截了當問這種問題，提爾真是罪孽深重的男生啊。」

莎拉小姐傻眼地笑道。

「哎，為了妹妹就應該放棄才對吧。不過只要提爾點頭，要在背地裡讓你腳踏兩條船也可以喔。」

「我、我只會選教官一個……」

「明明不會移情別戀，卻還要問我『這麼乾脆就放棄』？會不會太沒人性啊？」

「對、對不起……」

「嘻嘻嘻，提爾這種壞男人，就該接受一點懲罰才行～」

「懲、懲罰？」

「對呀，就罰你暫時當小嬰兒。」

這、這是什麼意思……

「哎，雖然叫做懲罰，不過應該能促進睡眠才對，儘管放心。」

莎拉小姐如此說完，移動到我的頭部附近，把我的頭擺到她的大腿上。

簡單說就是讓我躺大腿，隨後莎拉小姐循著一定的節拍，開始拍打著我的胸口。

這種對待嬰兒般的態度雖然讓人有些害臊，但是這感覺……讓人心情非常平靜。儘管說是懲罰，實質上是獎賞。

「怎麼樣，提爾。想睡了嗎？」

「這樣持續下去的話……」

「是喔？那就繼續下去喔。」

莎拉小姐之後繼續讓我躺在大腿上，為我凝聚睡意。

「提爾……明天開始，米亞就得拜託你了喔？我沒辦法參戰。」

「……這是當然的。」

我如此回應突如其來的這句話，但是又覺得不太對而訂正：

「不過教官她……也並非單純讓我保護的人。」

「咦？」

「是與我並肩而立，與我一同前進的人。」

「這樣啊……嗯，也許真是如此。」

「況且莎拉小姐也絕非無法參戰。雖然可能沒有戰鬥能力……」

儘管如此，莎拉小姐也是賽繆爾家的一員。

所以她的體內的天使血脈肯定藏有天使之力。

莎拉小姐打造的武器能發揮莫大的威力，大概就是因為她在不知不覺間將天使之力注入她打造的武器之中吧。

所以我揮舞的雙刀，就等同借用莎拉小姐的力量。

莎拉小姐絕非無能為力。

總是陪伴著我，與我並肩作戰。

「所以說，明天也一起戰鬥吧。」

「嗯……你說的對。」

莎拉小姐眼眶泛淚。

我漸漸地感受到睡意。

莎拉小姐不時為我輕聲哼唱搖籃曲，對我效果相當顯著。

「晚安，提爾。」

所以不知不覺間，當我聽見這句話之後——

「………」

我的意識便落入夢境的深處。

第四章　惡魔領域

反抗作戰當天的早晨來臨。

太陽尚未升起的清晨。

當我醒來時，我的頭依然枕著莎拉小姐的大腿。

莎拉小姐似乎也維持這樣的姿勢，落入夢鄉。

大概就是有這至高的大腿枕，我才會睡得那麼香甜。

「莎拉小姐，謝謝妳。」

距離原先預定的全體起床時刻還有一小段時間。所以我沒有吵醒莎拉小姐而如此說道，將那對雙劍裝備在身上，走出自己的帳篷。

我在流過附近的小溪洗過臉，讓意識完全清醒之後，前去領取已經準備好的濃湯當作早餐，填飽肚子。

之後我在營區的角落空揮，漸漸開始感覺到營區整體越來越嘈雜。

起床時刻到了，越來越多人醒來。

作戰計畫即將開始。

惡魔的大軍雖然尚未映入視野，但肯定已經來到不遠處了吧。

——不久後，召開了作戰開始前的整體集會。

重新確認敵軍的預測路線與我方的戰略，最後由本作戰的總指揮官發表鼓舞士氣的演說。全軍戰意沸騰。人類聯軍的士氣高昂。

就在日出的同時，反抗作戰揭開序幕。

並非迎戰來犯的惡魔，而是主動進攻。

為了取得和平，人類與惡魔展開最終決戰。

決戰的號角已然吹響，數千的前線部隊自營區出發。

跨越羅基尼亞大平原，步入惡魔的領域。

尚未遭遇惡魔的行軍過程中。

上頭指示我保留體力，要求我走在前線部隊的最尾端。但只要遭遇戰鬥，我打算直接衝上最前線。

我和教官並未共同行動。教官恐怕是被部屬於前方，夏洛涅和艾爾莎大概也同樣吧。至於前線主力「圓桌」想必是打頭陣吧。

我這麼思考著，同時有件事令我掛心……

（……撒旦妮亞怎麼還沒回來？）

昨天撒旦妮亞說是要為了偵查敵情而飛離營區，直到現在尚未歸來。如果只是晚回來的話還無所謂。不過……

（該不會是發生什麼事了吧……？）

惡魔方已經做好了針對撒旦妮亞的準備。

上次與格剌西亞·拉波斯交手時，她幾乎束手無策。

雖然面對中階或低階水準的嘍囉應該不至於感到棘手，但恐怕敵不過極星一三將軍級的惡魔。

也有可能因為偵查時太過深入敵陣，遭到俘虜了。

又或者是……

（……撒旦妮亞的背叛只是一場戲的可能性。）

這想法一浮現，我立刻左右甩頭。

這不可能……絕對不可能。

撒旦妮亞對我的愛情絕對不假。

（……要不是單純趕不及，要不然就是被抓了。）

我祈禱事實是前者，繼續行軍。不久後——

「——前方！惡魔！」

不知誰如此叫道。

我凝視前方。

大約在一公里之外，我看見無數黑影蠢動。

彷彿要擠滿地平線的大軍。

全都是惡魔。

終於遇上了。

你死我活的決戰馬上就要開始。

我再也按捺不住，衝向前方。

雖然有人出聲阻止，但我不予理會。

不管怎麼想，若交鋒之後我才上前，肯定會因此錯失某些人的性命。

不，就算我打從一開始就站在最前線，依舊會有些生命無法挽回。

儘管如此，我還是想要盡我所能。

我不願意等到有人死了再上前線。

所以我趕往前方。

打從一開始就在最前線戰鬥。

持有力量者不帶頭上前，還有意義嗎？

持有力量者，理所當然必須打前鋒殺出血路。

「等等，提爾。你怎麼跑來前面？」

我在隊伍中發現了夏洛涅。艾爾莎就在她身旁。

「昨天說過了吧？我也會一起上前線殺出血路。在後面我待不住。」

「這樣不算違反命令？」

艾爾莎說道。因此我點頭回答。

「是又怎樣？」

「明知故犯耶！」

「這次的作戰本來就完全仰賴我，那至少讓我照著自己的意思去做。」

況且上頭根本把我的體力看扁了。我的體力已經不像之前那麼差，根本不需要保存實力也能戰鬥到最後。

我拋下夏洛涅與艾爾莎，朝著更前線推進。

不久後，隊伍的前鋒映入眼簾。身具突破力的強者們齊聚一堂的隊伍中，果不其然有「圓桌」的身影。教官的身影也在該處。

「小提，你自己跑到這裡了喔？」

「教官，不好意思，我本來就這樣打算。」

我不會袖手旁觀，只讓旁人為我開路。

我也會一起帶頭衝鋒。

這是我昨天就一直思考至今的結論。

——最前線的部隊中，以「圓桌」為首的前鋒人員已經開始行動。

包含前線指揮官，早已沒有人對我指指點點。

宛如在說「你要來就來吧，這樣比較方便」，眾人像是要把我拉進戰場，紛紛帶頭衝向敵陣。

人類的反抗。

將狙擊手部隊留在後線，前鋒一口氣發動攻勢。

「教官，我們也上吧。」

「好啊……因為我也決定了要共同奮戰嘛。」

這才是正確答案。她如此呢喃而點頭，與我一同奔馳。

突破填滿遠方地平線的惡魔大軍。

這就是當下的目標。

若非如此，便無法抵達路西法面前，無法指望和平到來。

我手持雙劍，開啟自身的血之活性。

我那雙大概正散發著赤紅磷光的眼眸，僅僅直視前方。

衝突已經在前方發生。

率先衝鋒的「圓桌」的近距離攻擊，第一波攻勢便斬斷一百隻以上的惡魔。

其他各方面的戰線也開始交鋒。

「可不能遲到了！」

「是！」

我和教官一口氣衝上前去。我展現血之活性帶來的速度，教官則徹底發揮母親為她激發的天使之力——

逼近敵陣後，一同揮劍。

接連斬殺惡魔，使之化為屍塊。

殺進惡魔的大軍之中。

許久未曾使用的雙劍，使起來非常順手。

憑著那熟稔的手感切碎惡魔，盡可能為人類方爭取優勢。

「——你就是提爾·弗德奧特吧？」

就在這時。

魔彈射向我的腳邊，我向後跳開。

將視線往上拉，那身影映入眼簾——

擁有逼近撒旦妮亞的兩百片翅膀，口說人類言語的雄型惡魔。

「你是……」

「我是極星一三將軍阿斯莫德。先告訴你，我就是率領本軍的將領。」

「這樣啊。」

既然如此——

「——只要打倒你，這支軍隊就會群龍無首吧！」

我展開王之翼。

六百六十六片翅膀，繼承路西法之血的證據。

但是當下的王之翼已經不同於過往。

繼承了母親的力量後，翅膀已經變為天使般純白，我振翅轉瞬間逼近阿斯莫德，砍飛了對方的四肢。

「咕嗄……？」

阿斯莫德的表情像是還無法理解發生了什麼事。但在下一個瞬間，那張表情也消失了。禮尚往來，我回贈一顆魔彈，轟爛了他的臉。

實力遠比不上名號。

只剩下軀幹的阿斯莫德摔落在地面上，就此死去。

但是惡魔大軍的攻勢並未停歇。

也沒有瓦解。

恐怕惡魔方已經事先下達了將領陣亡也要繼續進攻的命令吧。

既然如此，我借用母親的力量。

將天候魔法與天術混合，呼喚神聖之雷墜向敵陣中央。雷電墜地後閃電四處奔馳，只以惡魔為目標而連環彈跳，一次奪走數百條惡魔的性命。

「這就是現在的小提啊！真是可靠！」

我聽見教官雀躍的喊叫聲。

「——但是敵人沒有減少喔！」

沒錯，並未減少。

儘管一次奪走數百條性命，打個比方來說，就如同在沙漠用手掬起一把沙子後撒到外頭。

換言之，就大局來看毫無改變。

惡魔依舊展現其數量上的暴力。

除了阿斯莫德之外還有其他強力的個體存在，但那並非最大的威脅。

只要對手並非路西法，憑著「圓桌」也能擊殺強力的個體。

最大的問題是數量。

惡魔的威脅，最大的問題總是數量。

我見到追加的援軍自遠方逼近。

不管我再怎麼強悍，無論夥伴們多麼可靠，在數量面前終究寸步難行。

漸趨劣勢的消耗戰。

單論強度，我方並未屈居下風。

個體實力甚至是我方更勝一籌吧。

然而——

不管教官如何大顯身手，不論其他人如何浴血奮鬥，情勢還是會陷入膠著。

無法向前推進。

我絕非小看惡魔。

正因為我對惡魔的戒心高到極限，才會像這樣提早上前鋒。

我再度喚來神聖之雷，此外又朝多個方向轟出高威力的魔彈——

儘管如此，還是沒有減少的跡象。

只能在短短一瞬間於大軍之中挖出一小塊空地，但下一個瞬間，無窮無盡的惡魔便會填補那片空白。

這時我突然察覺，惡魔並非自遠方趕來。

……而是憑空誕生。

自地面抽芽般冒出來。

惡魔這種生命，就有如雜草般四處萌發。

（……我聽說過。）

惡魔除了交配之外也有其他方法能創造新個體。

聽說那是一種召喚防衛術。唯獨惡魔領域遭到入侵時，為了阻擋入侵者而配合入侵者的規模，無止盡地創造使魔。

沒記錯的話，懂得那術法的是極星一三將軍貝爾芬格。

據說那傢伙本身沒有任何攻擊能力，但是將使魔召喚術運用於防衛戰的效果太過強烈，使他得以躋身極星一三將軍。

既然如此——

（就在這戰場的某處……）

不，大概是在更後方的安全圈。貝爾芬格可能就躲在該處，施展這無窮無盡的使魔召喚術。

只要能阻止使魔召喚，情勢就會改變吧。

當然，召喚之外的兵力占了大部分，但光是讓使魔消失，惡魔的數量應該便會削減到現在的一半以下。

「教官！無窮召喚的術師肯定就在敵方領域的後方某處！只要擊殺那傢伙，阻止召喚的話，我方還能繼續推進！」

「原來如此，是貝爾芬格吧。」

斬殺附近的惡魔，教官點頭。

聽了我們的對話，前線指揮官對我發出指示：

「既然這樣，提爾・弗德奧特，你就飛進領域後方！然後去解決掉貝爾芬格！這裡交給我們！」

「這……」

我在回答時不由得躊躇。這裡沒有我在真的沒問題嗎？我都決定要保護大家，不讓任何人喪命了，現在離開這裡真的好嗎？

「不要擔心！」

像是看穿了我的想法般，前線指揮官意氣軒昂地說道。

「以『圓桌』為首的我們賭上一口氣也會守住這裡！不讓任何人送命！提爾．弗德奧特，你的意志由我們繼承！你就盡快去打倒貝爾芬格！」

「──遵命！」

相信前線指揮官的這句話，我立刻如此判斷。因為已經沒有時間繼續躊躇，唯獨盡快打倒貝爾芬格才是對現況最佳的支援。

「──小提，我也一起去！」

槍劍開火射穿惡魔的同時，教官抬頭仰望我。

「我不會扯後腿的！」

別說是扯後腿了，現在的教官擁有天使之力，應該是與「圓桌」同等，甚至更強的戰力。

正因如此，我同時也希望她留在此處，用那份力量領導眾人。

「提爾．弗德奧特，把她也一起帶去！比起這地方，領域深處想必更加危險！你們兩個合力去突破難關！這裡有我們就很夠了！」

前線指揮官如此說道。

對這句話心懷感謝，同時也相信留在此處的所有人的實力，我決定握住教官的手繼續前進。

「——要上了喔，教官！」

「嗯！」

我用一隻手臂攬著教官的身軀，展開王之翼開始飛翔。

首先該做的就是討伐貝爾芬格。

為了找出那傢伙可能的置身之處，我和教官一同衝進惡魔領域。

從結論來說，我們很快就找到了貝爾芬格。

深入惡魔領域一段距離後，自上空俯瞰地面，見到了巨大魔方陣以某座古城為中心展開。現在的我能夠讀懂魔方陣的外圈文字寫著召喚術法，認為該處最可疑而衝進古城中，結果在大廳發現了坐在搖椅上的老惡魔。雖然也有擔任護衛的使魔，但已經被我掃平了。

「你就是貝爾芬格？」

「正是。看來老夫也大限已至。」

「你就放輕鬆領死吧。」

聽說貝爾芬格是個自身沒有攻擊手段的惡魔。更何況他已年老力衰，我也沒興趣將這樣的惡魔折磨至死。

吸收他的魔力，使他油盡燈枯，落入永遠的睡夢中吧。

「無所謂。老夫不會抵抗。」

「你認為不掙扎是種美德嗎？」

「不是。老夫只是希望路西法大人能好好休息罷了。」

「什麼……？」

「你就是提爾大人吧？」

貝爾芬格平靜地說道。

「用你這雙手，為他劃下句點吧。」

……為他劃下句點指的又是什麼？

明明是惡魔，卻期望自己的王殞落嗎……？

「……用不著你指使，我也會這麼做。」

儘管我感到納悶，還是只能如此回答。

「那就太好了。」

貝爾芬格如此呢喃後，在我吸收他的魔力之前，他已經用暗藏在身上的匕首割斷了

自己的咽喉。

教官尖叫的同時，貝爾芬格已經斷氣了。

……與其死在我手上，不如自我了斷嗎？

名譽的死。儘管是敵人，但我有種想為那高潔表示敬意的心情。

「不過……」

讓他成功自殺這點不好。

原本以為能從他口中問出某些事，但這下失去機會了。

貝爾芬格剛才說要我劃下句點。

他期望王的殞落。

回想起來，母親似乎也提過，路西法自身也期望惡魔滅亡……？

「路西法到底是……？」

到底在想什麼，到底又隱藏著什麼？

謎團重重。

正因如此，我一定要抵達路西法面前，當面問清楚所有真相。

「不過……這樣一來，貝爾芬格也已經死了，使魔的無盡召喚應該也停止了吧？」

「……是啊。」

儘管謎團重重，唯獨這件事很明確。

我們走出古城，筆直望向人類領域的方向。

「接下來該怎麼做？回到大家那邊再做打算？」

「不，我們繼續深入敵陣吧。」

現在使魔已經消失，人類在那戰場上應該會取得上風吧。

現在我們趕回去，也沒有太大的意義。

與其回頭，不如就這樣在惡魔領域內大鬧一場，這樣更有意義。

「況且還得找到撒旦妮亞才行。」

「話說從昨天沒見到她了，真讓人擔心。」

「也是為了找到撒旦妮亞，我們繼續前進吧。」

「也對。與其回頭，不如勇往直前。」

於是我們決定朝惡魔領域的深處繼續前進。

大軍大概都派上前線了，這附近完全找不到惡魔的身影。

和前線那混沌的情景截然不同，附近一片寧靜。

「惡魔領域的景色，出乎意料地漂亮啊。」

為了不吸引注意，同時也為了保留體力，現在我暫且不飛行移動，而是在大地上奔馳。

景色確實美麗。與惡魔大軍衝突的地區只是一片荒野，但現在映入眼簾的是披著繽紛紅葉的自然山林。

剛才那座古城也矗立於湖畔，湖光山色別有風情。

「因為開拓的腳步不快，保留了過去的自然風光吧。」

「對大自然而言，說不定惡魔比起人類更善良喔。」

「說不定喔。」

我們對彼此笑道。

也許精神上多了些餘裕。

但是我們並未因此放鬆戒備，繼續前進。一段時間後——

因為肚子漸漸餓了，我們便稍事休息，自腰包中取出之前事先購買的高卡路里攜帶糧食，當作午餐食用。

「……真難吃。」

「哎，畢竟只是為了補充營養。」

吃完之後繼續開始移動。

惡魔同樣不曾出現。

輕鬆的旅程持續著。

不久後天色漸漸轉暗，我們開始尋找能紮營的地點。置身陌生的土地，而且還是敵方領域的內部，在夜間活動肯定有危險，我們決定提早休息。

「這地方應該不錯吧？」

教官找到的地點在乾淨的泉水旁。

這是個樹林環繞的空間，有種安心感。附近就有水源也不錯。

我當然也沒有其他異議，贊成在此紮營過夜。

在太陽完全西沉之前，我們暫且先升起火堆，準備度過夜間時段。

「前線部隊沒問題嗎？」

教官隔著火堆坐在我對面，突然如此說道。

「希望他們已經擊退那群惡魔了。」

「我想大概沒問題吧。使魔消失後，友軍的增援應該也送到了吧。雖然可能或多或少有人死傷就是了。」

儘管如此，我想應該還能成功擊退。問題在於眾人想必來不及消除疲勞，無法趕來支援我和教官。

不過那也無所謂。原本的計畫就是如此。我只要就這麼抵達路西法面前就好了。

「小提不累嗎？還好嗎？」

「我沒問題。倒是教官不覺得疲勞嗎？」

「我沒問題。因為和小提在一起啊。」

教官這句話真讓人高興。

仔細一想，雖然處於這種狀況下，但也是兩人獨處。

儘管這不代表什麼，但是一旦注意到，還是不由得讓我心跳加快。

「吶，小提。我可以到你旁邊嗎？」

「這個嘛，可以是可以……」

「那我就打擾了喔。」

教官來到身旁。

來到彼此肌膚幾乎相觸的距離，教官嘿咻一聲坐下。

「為什麼要來到旁邊？」

「不行嗎？」

「不、不是啦，我剛才就說沒關係了……只是覺得，教官好像沒什麼理由特地跑過來……」

「沒有理由就不行嗎？」

教官直盯著我的眼睛。

「沒有理由，就不能跑來你旁邊？」

「沒、沒這回事。」

「所以我可以待在這個位置吧？」

教官宣告戰勝般哼哼輕笑，輕撫著我的手臂。

「肌肉是不是有點緊繃？雖然你說不累，不過疲勞總是會在不知不覺間累積喔？」

「我真的沒事。狀況很好。」

「既然這樣，可不可以反過來請你幫我按摩？」

「咦？」

「剛才雖然我說沒事，但還是有點疲勞累積。」

「原來是這樣。」

這是教官使用天使之力首次參與實戰，也許疲勞的程度比平常要強一些。

「那就請讓我幫忙按摩吧。和之前反過來了呢。」

「嗯，拜託你了。」

「我的按摩技術大概不怎麼樣就是了。」

「沒關係，隨便幫我使勁推個幾下就好。」

如此說著，教官站起身開始脫下制服——咦？

「教、教官想幹嘛啊？」

為什麼教官正在脫制服啊……？

「嗯～？因為讓你直接對肌膚按摩應該比較有效吧？況且這套制服的布料很厚啊。穿著衣服也不方便按摩吧？」

所、所以就要脫嗎……？教官已經轉身背對我，脫下了上衣。而且她的手正伸向窄裙。

「下、下半身應該不用脫吧……！」

「但也許會需要你幫忙按摩臀部嘛，就先準備好。」

米亞教官這麼說著，連窄裙也脫掉了。

包覆在黑色內褲底下的豐腴臀部不遮不掩地闖進視野中，我只好連忙轉過頭。明明就沒喝醉，未免也太大膽了……這也是那個的緣故嗎？因為彼此關係有些進展造成的影響之一……？

「哎呀，用不著轉開視線也沒關係吧？」

「可、可是……」

「讓小提看見也沒關係嘛。換作是其他人我就絕對不願意。」

教官一說完，便在茂密柔軟的雜草上頭俯臥。

「嘿咻。小提，可以拜託你幫我按摩嗎？」

「知、知道了……」

既然剛才都答應了，總是無法反悔。

我順從地移動到教官的身旁，跪在她旁邊。

我回憶起在沙灘上為她塗抹防曬油的往事。

光滑的背脊擺在眼前，往下可看見股溝的上緣。

……視覺上的破壞力非常驚人。

「那個……要按壓哪邊才行？」

「我想應該是肩膀吧。比肩胛骨高一點的位置，使勁按下去。」

「使勁按下去喔……」

我沒想太多，先豎起雙手拇指，輕放在教官肩膀。

之後我下定決心，施加刺激。

「嗯～」

「會、會不會痛？」

「沒關係。我覺得你應該還可以更用力一點。」

聽她這麼說，我更加使勁推動拇指。

「啊，不錯喔。然後不要集中在同一點，幫我按壓肩膀的不同位置。」

「像、像這樣？」

我將拇指挪向肩膀的各個部分。

「對、對。嗯～很棒喔。好厲害，技術很好喔，啊～好舒服……」

教官不停悶哼著。

該怎麼說，感覺有點煽情……

明明只是按摩而已，心情卻像是在做不該做的事。

因為反應太好讓我有些害怕，我決定按壓其他部位。

「教、教官，要不要按摩腰部？妳看，感覺應該很僵硬嘛（按壓）。」

「這個嘛。比起腰部，我比較希望你幫我按摩臀部。」

「臀、臀部喔？」

這個要求馬上就來了啊……

「更仔細描述的話，是屁股和大腿附近。因為兩條腿動了一整天，這一帶覺得特別僵硬。」

「原來如此……對這部位同樣用指頭去按壓就好？」

「嗯～用揉的也許比較適合喔。」

「……用揉的喔？」

確實用揉的感覺應該比較有效，不過難度很高啊……

「來，快點動手吧。」

教官搖擺她的臀部。

我盡可能不去看那太過刺激視覺的情景，但是接下來的按摩部位就在那邊，視線還是不時集中於該處。在這狀態下，我對教官的屁股伸出雙手。

將手掌貼在臀部與大腿的交界處，開始施力。

好、好柔軟……身為葬擊士的教官時時鍛鍊身體，豐盈的彈性卻依然撲向我的手掌。讓我不禁一直想摸下去的同時，也萌生了一股罪惡感：這樣摸真的好嗎？

「教官，那個……還好嗎？」

「嗯，很好啊。很舒服喔。」

「不覺得討厭嗎？」

「嗯？不會啊。我討厭的話一開始就不會拜託你。」

語畢，教官輕笑道。

「小提不管要摸哪裡我都沒關係。就算突然摸些奇怪的地方，我也不會生氣，有勇氣的話可以試試看喔？」

「這、這還是算了……」

「哎呀，真是紳士呢。」

……這真的是出自紳士風範嗎？

「嗯～話說回來，感覺真的很舒服呢。」

教官像是十分享受，放鬆了全身的力量。

「真想不到這裡是惡魔領域。」

「真的耶。」

甚至讓人覺得在此度過這種悠哉時光真的好嗎？

但在接下來即將造訪的夜晚，我們也無法輕率行動，能夠像這樣放鬆身心應該是最好的吧。

為了在明天能發揮實力。

我為教官的按摩又持續了一段時間。

「呼，按摩大概這樣就夠了。」

教官這麼告訴我的時候，天色已經完全轉暗了。

「小提，辛苦你了。我覺得全身上下都輕鬆許多了。」

「那就太好了。」

只要能療癒教官的疲勞，便是再好不過了。

「那我就直接泡澡了。」

「……泡澡？」

這裡沒有這種宜人的設施吧……

「哎，不是在浴室，而是旁邊的泉水。」

「喔喔……」

原來是這樣。這確實是非常適合沐浴的泉水。話雖如此，要是就這樣在我眼前沐浴，

全身上下都會一覽無遺吧……

「我很清楚小提現在正擔心什麼。儘管放心。你覺得我為什麼要特地等到天黑？」

「咦？」

「你在那邊等一下喔。」

語畢，教官背對著我，脫下內褲變得一絲不掛。原本被遮蔽的臀部完整映入眼中，讓我不由得驚慌失措。

「等、等等啊，教官……？」

「真的不用擔心。好嗎？你在那邊看著就好。」

教官就這麼在嘩啦水聲中，走進泉水。

於是我立刻就明白了教官的意思。

「看不見……」

沒錯。火堆的光線無法照亮泉水中，現在的教官幾乎融入黑暗之中。

「看吧？沒問題吧？這樣一來就用不著擔心了吧？」

「的確是這樣……」

不過赤身裸體的教官就在不遠處，這仍是毋庸置疑的事實。儘管看不見她的裸體，卻同樣吸引著我的遐想。

就在這時，教官開口了——

「吶，小提……要不要乾脆一起洗個澡？」

用那帶著羞赧的口吻，教官提出了嚇死人的提議。

到、到底是怎麼回事……？

「為、為什麼要一起……？」

「啊，這個嘛……也沒什麼理由。真要說的話，只是覺得和喜歡的人一起泡水應該很開心，只是這樣覺得而已……」

「這、這樣啊。」

「在平常的話……我不會這樣找你喔？……但是你看，在這片黑暗中，就算彼此靠得很近，應該也看不見才對，一起泡水照理說也沒問題吧……？」

應該真的看不見吧。儘管夜間視力不差，但是火堆的微弱光芒無法觸及之處，只有一片漆黑覆蓋。

「不、不過我當然沒有強迫你的意思喔？小提不願意的話，要拒絕當然也沒關係……」

「我……」

聽教官這麼說，就連我也能明白，在這個處境下真的拒絕便等於讓教官丟臉。說是擺在眼前的大餐也不太對吧，我只知道教官肯定絞盡了勇氣，才對我提出這樣的要求。

正是因為置身這種時刻，教官才會用盡全力來搭理我。

為了讓我在寶貴的休息時間，不用直視肅殺的現實。

拜託我幫忙按摩，除了實際上有疲勞累積之外，想必也隱含同樣的用意。

教官大概想在精神層面上成為我的支柱吧。

既然這樣——

「那……我可以和教官一起嗎？」

我想自己應該把全身的重量交付給那支柱才對。

而且不只是倚靠，同時我也要出力支撐那支柱。

我認為這才是所謂的互相扶持。

「真的？」

我能感覺到教官在黑暗中欣喜地笑了。

「嗯，當然可以啊。那就過來吧？」

溫柔的聲音呼喚著我。

所以我也褪下制服，赤身裸體。

伸出腳，步入漆黑的泉水中，緩緩步向教官身旁。

「呵呵……歡迎你來。」

「還真的完全看不見啊……我放心了。」

頂多只能隱隱約約看見輪廓而已。就算夜間視力過人，最多也只是輪廓變得更清晰而已吧。

「話說水比想像中還淺耶……」

「水深頂多只到小腿而已啊……那接下來要怎麼辦？把彼此弄濕吧？」

「弄、弄濕？」

聽起來很不妙喔……

「小、小提，你千萬不要想歪了喔？只是單純對彼此潑水，幫對方把身體沖乾淨而已喔？」

教官話才說完，便掬起一把水潑向我。之後便用空手開始抹濕我的身軀。每當教官的指尖為了抹去髒汗而拂過胸口和腹部，都讓我幾乎失去理智。

「我示範完了喔……來，小提也試試看吧？」

「我、我也要跟著做？」

「……這不是當然的嗎？」

「好、好……」

教官想讓我暫時拋開沉重的現實，我絕不能逃避她這份心意，決定挑戰。

教官搓著我的肌膚，同時我將也將泉水澆淋在教官身上。我想應該是澆在肩膀上。

隨後我將手沿著那部位滑動，抹去教官身上的汗水與沙塵。

漸漸地拓展手掌滑動的範圍——就在這時。

我很快就撞上了柔軟有彈性的觸感，讓我頓時抽手。

「對、對不起……」

「沒、沒事的，真的沒關係……」

教官一面摩娑我的肚臍一帶，同時大方地對我說。

「小提不管摸到哪裡都沒關係……知道嗎？用不著客氣，儘管去摸吧？」

那說話聲溫柔至極。

所以我也順勢繼續下去。

男性無法抗拒的感觸占滿意識，讓手指爬過教官的胸口。

全心注意著動作千萬不能太過粗魯。

同時享受著教官的身體般觸摸著那身軀。

不知不覺間，我們自然而然地接吻——

唯獨這段時間，毫無疑問是讓我忘卻所有苦惱的至高樂園。

在這之後——結束在泉水的沐浴後，我和教官一如往常穿上衣物，將那些枯燥無味的攜帶糧食當作晚餐食用。

晚餐之後也沒有什麼事情好做，我們便盡可能將時間用於睡眠。因為如果兩個人一起睡著，遭遇緊急狀況就無法及時反應，於是我們輪流小睡。

夜晚就這樣平安度過，迎來早晨。

再度投身肅殺現實的時刻——到了。

儘管如此，我們不會停止前進。

為了應當達成的使命，我和教官一同繼續深入惡魔領域。

第五章　不情願的認同

自泉水畔的紮營地出發後，經過了數個小時。

惡魔絕大多數的戰力似乎都上前線了，直至目前同樣還沒遇到半隻惡魔。不過在領域深處仍有較強的個體鎮守也不奇怪。雖然現在一路上尚未經歷苦戰，但我有預感，差不多要迎來一番波折了。

「話說回來，到頭來撒旦妮亞還是沒回來啊。」

「……是啊。」

撒旦妮亞行蹤成謎已經兩天了。

這下子實在無法再樂觀視之。

為了偵查而遲歸的可能性非常低。

肯定發生了某些事。

但是，不知道發生了什麼事。

我們也尚未找到有關撒旦妮亞行蹤的線索

儘管如此，我們認為只要繼續深入就能有所收穫，繼續向前推進。

不久後，地面龜裂的荒野映入眼簾。

景色單調而空無一物，感覺不到生命的活力。

但在我步入該處的下一個瞬間——

「——！」

首先浮現心頭的念頭是，為何剛才我渾然不覺？

我剛才說荒野上空無一物。

但事實上並非如此。

那個場所雖然景色單調，甚至稱得上沒有色彩的世界，但只有一抹色彩存在於該處。

「那是……」

教官也注意到了。

形單影隻，佇立於荒野中央處。

上一個瞬間還不存在，或者單純只是我沒有注意到？

無論如何，出現在該處的是——

「……是撒旦妮亞吧？」

沒錯，站在該處的就是撒旦妮亞。

伸展漆黑的翅膀，撒旦妮亞微微俯著臉，呆站在該處。

「真是的……妳到底在做什麼啦。讓人操多餘的心……」

教官這麼說著，打算靠近撒旦妮亞。

所以我——

「請等一下。」

舉起手制止教官。

「咦？」

教官愣住了，直盯著我瞧。

「……怎麼了？」

「感覺不太對。」

那人影毫無疑問就是撒旦妮亞，但是狀況不太對勁。

隔了兩天才與我重逢，她絕不會像那樣一聲不吭，像是欣喜若狂的野豬般撞向我也不奇怪才對，她卻沒有這麼做。

豈止如此，下一個瞬間——

撼動大氣般的壓力直撲而來。

表明自己已經等候多時似的強烈殺氣。

「怎、怎麼回事……為什麼撒旦妮亞要這樣威嚇我們……？」

「我不知道……但是，她要來了。」

我不知道撒旦妮亞為何視我們為敵人。
唯一確定的是，只要應對上有失誤，一瞬間就會被她殺掉。
撒旦妮亞能停止時間流動。
如果她置身敵方陣營，沒有比這更棘手的能力。
我們尚未做好準備。
下一個瞬間性命就被奪走也不奇怪。
所以為了不讓她發揮那能力，我借用母親的力量。
——夾縫的世界。
這世界與死後世界之間的夾縫。母親成為殘留意志而駐足的那個空間，我現在於此重現。
荒野的景色頓時消失，我們轉移到宇宙般的另一個空間。
「在這裡應該無法施展妳自豪的時間暫停。」
撒旦妮亞的時間暫停大概是按照現實世界的法則，讓時間停止流動。
那麼要反制這個能力——就是在與現實世界不同的其他相位戰鬥。
置身於這個與現實世界分離的空間，就會受到這空間獨特的法則影響，讓撒旦妮亞無法停止時間流動。
「原來如此。」

至此，撒旦妮亞第一次出聲。瞪視般低頭打量自己的身體，冷淡地呢喃：

「沒想到這身體這麼不中用。長處這麼輕易就被反制，該說只是區區的背叛者嗎？」

「……什麼？」

撒旦妮亞如此批判自己，然而那口吻卻顯得異樣客觀。簡直就像是在批評別人的身體似的——

更何況撒旦妮亞平常的語氣也並非如此。

既然這樣——

「妳到底是誰！」

教官以強硬的口吻逼問。看來教官也察覺到那身體內的精神是別人。

沒錯，眼前的撒旦妮亞雖然是撒旦妮亞，但是顯然並非她本人。

肉體中似乎裝著其他的精神。

——被強占了。

「哎，你們覺得會是誰呢？」

強占撒旦妮亞身軀的某人，以不在乎的口吻如此問道。

「不過，我的身分並不重要吧？反正你們被這背叛者親手殺掉的未來也不會改變。

既然這樣，讓你們一無所知地死去，不是很有意思嗎？」

假裝撒旦妮亞的某人在周圍展開數個魔方陣。我查覺到那每一個魔方陣都是威力足以致死的魔彈的發射口，下一個瞬間——

——魔彈發射。

但是我們以利刃將魔彈全部彈開了。

「哦？」

「放棄抵抗。實力是我們在上。你的棘手之處就僅止於躲在撒旦妮亞的身體裡而已。」

「不過這一點就夠棘手了吧？」

「確實如此。」

無法否認。

這個棘手之處確實是個大麻煩。

因為那真的是撒旦妮亞的身體，無法輕率攻擊。

「小提，這傢伙大概就是極星一三將軍的比列。」

「……沒有肉體的惡魔啊。」

比列藉由精神轉移的能力在別人的身體之間旅行，據說原本的身軀早已經不存在。

現在他將撒旦妮亞的身軀據為己有了吧？

「就算知道我的身分，也對我束手無策吧？」

言下之意承認自己就是比列，那傢伙用撒旦妮亞的臉龐展露笑容。

「確實實力是你們在上。不過那又如何？如果要殺我，就代表撒旦妮亞非死不可。」

……確實如此。

「哼哼，要連同我一起殺掉嗎？不過你肯定辦不到吧？因為撒旦妮亞對你有份恩情嘛。」

知道這一點而特地利用撒旦妮亞，顯示了比列個性的狡猾之處，或者該說是卑鄙吧。

狀態陷入停滯與均衡。將對方拖入夾縫的世界，雖然成功封住了撒旦妮亞最大的武器「時間靜止」，但另一方面，只要比列持續挾持撒旦妮亞的身軀，我們就無法輕易出手。

在這情況下，比列開口了——

「我有個提議。」

「什麼？」

「我現在提出條件。只要你接受，要我解放撒旦妮亞也無所謂。」

「條件？」

「現在自我了斷。」

那聲音帶著譏笑。

「如此一來，我保證放撒旦妮亞自由。」

「你……」

「提爾・弗德奧特，你這傢伙真是礙眼到難以忍受。」

儘管態度顯得輕佻，但語氣中滲出藏不住的憤怒。

「就是你這傢伙從我身邊奪走了撒旦妮亞。」

「……你是指什麼？」

「永遠搞不懂也無所謂。不過，我的恨意無從發洩。」

簡直莫名其妙。我沒做過什麼招惹他憎恨的事，也不曾奪走撒旦妮亞。

不過比列確實對我心懷怨恨，挑釁般接著說道。

「好了，重點是你要怎麼做？要自我了斷換取撒旦妮亞的自由？」

「想都別想。」

我毫不迷惘。

於是比列愉快地笑了。

「真是悲慘啊，撒旦妮亞。妳不惜背叛惡魔也要去見的人類，對妳的感情似乎就只有這點程度喔？」

比列譏諷的對象不是我，而是撒旦妮亞。

他對撒旦妮亞懷有怨恨嗎？

所以才會刻意營造我和撒旦妮亞衝突的情境吧……？

不管出自何種原因，我先糾正他的一項錯誤。

「比列，你錯了。」

「哦？哪裡錯了？」

「我確實根本不打算自我了斷。不過，那不代表我捨棄了撒旦妮亞。」

「什麼……？」

「當下這個狀況其實能夠打破——沒錯吧？教官。」

「是啊。」

身為突破的關鍵，教官點頭說道。

「當下狀況看似陷入停滯而平衡，但實際上絕非如此。」

「嘴巴上逞強嗎？人類。」

「不，是事實。」

教官毫不畏懼地繼續說道。

「我能讓撒旦妮亞重獲自由。」

「吹牛罷了。」

「你覺得真是如此？」

「妳這傢伙……」

「呵呵，你現在將自身靈魂轉移到撒旦妮亞體內吧？既然這樣，只要從那身體中驅除你的靈魂，撒旦妮亞就能重獲自由。」

「……理論上是沒錯。但是區區人類怎麼可能有辦法驅除我——」

「我能辦到。」

教官斷然說道。

「因為我是天使的末裔。」

「什麼……？」

天使的職責是引導迷失的靈魂前往上天。

換言之——「位於不應出現之處的靈魂」，在天使面前就是引導的對象。

因此。

「——昇華吧，比列。」

繼承天使血脈的教官才得以施展的「送魂術」。

參雜惡魔之血的我無法使用，純粹的天使才能掌控的術法。

教官雖然並非純粹的天使，但我聽說過人類與天使的血脈契合度較高。

也因此天使之力並未減弱，能施展送魂術吧。

「——妳這傢伙……！」

撒旦妮亞的身體開始噴出半透明的煙霧。那大概就是正被送魂術漸漸驅離身軀的比

列靈魂吧

「為何……——你們為何想救撒旦妮亞……？」

像是按捺不住心中憤怒，比列捨棄了剛才那難以捉摸的態度，怒聲唾棄道：

「——撒旦妮亞可是惡魔啊！和我沒有任何差別，同樣是人類的敵人！為何想拯救她！為何要從我身邊奪走撒旦妮亞！為何……為何我得不到回報！」

「我不曉得你遭遇過什麼事，但唯獨只有一件事我很肯定——那就是你和撒旦妮亞完全不同。」

教官厲聲斷言道。

「撒旦妮亞很善良。她養大了小提，而且與小提分開之後，對小提依舊難以忘懷，最後甚至下定決心背叛惡魔。雖然撒旦妮亞是惡魔，但她絕對不是人類的敵人。和你不一樣。」

教官懷著自信繼續說道。

「正因如此，全天下的惡魔我只尊敬撒旦妮亞。這個理由就足以讓我伸出援手了。」

「——什麼尊敬！這種傢伙根本不值得尊敬！這老太婆拋棄了我！既然要尊敬這種傢伙，那麼你們也同罪！」

比列的靈魂似乎將惡意的矛頭轉向了教官。

緊接著，比列的靈魂主動自撒旦妮亞身上抽離——

「為了殺死提爾‧弗德奧特，我還不能在這種地方結束！那邊的女人！只要先轉移到妳身上，就能阻止送魂術繼續發動——」

「——真是吵死人了。」

就在這時，突然傳來的說話聲打斷了比列的話語。

「你竟敢這樣擺布我的身體啊，比列。」

因為比列已經脫離身軀，撒旦妮亞取回了意識。

但是比列的注意力集中在教官身上，對撒旦妮亞的說話聲毫無反應。

對這樣的比列感到失望般，撒旦妮亞說道。

「為了迴避自身的危機，在這狀況下針對乳牛女是正確選擇。不過啊，你最好明白，如果無法趁對方疏忽時強占身體，你就只是小嘍囉罷了。」

這就代表了，撒旦妮亞是一時輕忽遭到突襲吧？

就在我這麼想的下一個瞬間——

「最後一擊是我的喔？」

那是對我和教官的告知。

霎時間，撒旦妮亞的魔彈射穿了比列的靈魂。

「咕……！撒旦……妮亞……！」

「靈魂裸露的你不過是物理攻擊就能捏死的蒼蠅。早早消失吧，你這蠢弟子。」

「唯獨……這種時候……！」

這句話最終無法說完，比列的靈魂煙消雲散，消失於無形。

「哎，真是傷腦筋。」

在分出勝負之後，撒旦妮亞的肩膀猛然下垂，呢喃低語。

「撒旦妮亞，妳還好嗎？」

「唔嗯，只是稍微有些疲勞感……話說回來，因為在偵查途中遭到突襲，自己的身體被那笨蛋徒弟支配，真是顏面盡失啊。」

「他是妳的徒弟啊……？」

「以前是。」

撒旦妮亞感觸良多地說道。

「別看那傢伙那副德性，其實本事還不差。但是在培養那傢伙的同一時期，我也必須要養育提爾，只能把大部分時間花在年幼的提爾身上。當時那傢伙生氣地說難道禁忌之子就比較重要嗎，之後我們便分道揚鑣了。儘管如此在我還尚未背叛時，他並沒有對我出手，大概是因為我背叛了惡魔，讓他的自制力消失了吧。」

「這樣啊。」

我從他身旁奪走了撒旦妮亞。

撒旦妮亞捨棄了他。

比列剛才這些話一直讓我不解……原來如此，他們之間有這樣的背景啊。

「無論如何，讓我為此道謝。特別是對乳牛女。」

撒旦妮亞移動至教官面前，罕見地低下頭，

「用送魂術讓比列陷入不利，確實高招。讓妳救了一命。」

「不客氣。沒什麼大不了的，沒必要在意。」

「除此之外，妳剛才說妳尊敬我，其實我也很高興。」

「是、是喔……原來那句話妳聽見了啊。」

「唔嗯。感激不盡。」

「妳反應這麼老實，感覺有點噁心耶……」

「噁、噁心是什麼意思！可別太囂張了！」

「對、對不起……！」

「哼。真受不了……妳不是想和提爾互相扶持嗎？」

「是、是沒錯……」

「既然這樣——」

撒旦妮亞有些害臊地轉過臉，如此說道：

「就按照這樣繼續努力下去。可千萬別鬆懈了喔？」

「撒旦妮亞，妳……」

換作是過去的撒旦妮亞，就連教官試圖與我互相扶持的想法都不會允許吧。但是現在那種態度已經軟化，甚至轉為聲援，教官似乎因此而驚訝。

「我也同樣正努力要接納妳。所以妳也快一點成為不需要我囉嗦的可靠女人吧！」

撒旦妮亞使勁哼了一聲，甩下這句話。

教官對撒旦妮亞表示感謝般，面露微笑說道：

「我知道了，謝謝妳，撒旦妮亞……我一定會辦到的。」

她堅定地如此宣言。

在這之後，我封閉了夾縫的世界。

於是四周恢復為原本的荒野，我們三人繼續深入惡魔領域。

「撒旦妮亞，妳在偵查的途中被比列強占身體，是這樣沒錯吧？」

「唔嗯。就如同我剛才說的，真是丟臉到家了……不好意思。」

「事情已經過去了，這不重要。重點還是敵人的動向，妳有取得有益的情報嗎？」

「雖然有，但是既然你們已經抵達此處，那些情報都派不上用場了。」

換言之，她也許搶先取得了貝爾芬格的位置情報吧？

「更深處就連撒旦妮亞也沒去過？」

「在背叛之後確實如此。但在背叛之前往返次數還不少。」

「前方的地理情況如何？」

「穿過這片荒野後是一片濕地，之後則是高聳的火山，突破火山地帶後會有雪原迎接我們。最後在穿過雪原後便是最深處，暗黑都市拉里西加魯多。」

——暗黑都市。

路西法就待在該處嗎？

「如果正常移動要花多久？」

「徒步的話恐怕要花上一個月吧。不過用飛的不需要一天。」

那麼，已經不遠了。

再過不久，我就能親手葬送路西法。

但是在那之前我必須問清楚。

為何把我送進人類領土。

為何不把我當作惡魔養大？

還有母親所說的，惡魔之王路西法到底為何期望惡魔滅亡？那和母親在態度中不時對路西法流露的慈悲有關係嗎？

（為了得知一切……）

更重要的是，殲滅世界上所有的惡魔。

我們非得前進不可。

我展開王之翼，抱著教官起飛。

撒旦妮亞則緊跟在後。

——結局已近。

第六章　為了未來

前往拉里西加魯多的路途非常順利。

儘管不時受到惡魔襲擊，但全都不是我們的對手。

在夜間確實補充體力，確定太陽升起後再繼續移動。在最後——

飛越雪原上空後，我注意到坐落於地平線彼端的巨大城堡映入眼簾。

城堡周遭有都市圍繞，數座尖塔非常醒目，樣貌雄壯威武的那座城堡就彷彿攔阻我們的牆壁，自遠方也能清楚感受到那份存在感。

「看見了啊，那就是路西法的城堡。」

果然那就是宿敵的根據地。

我無法按捺自心底湧現的興奮——

「教官，我要加速了！」

「好啊，儘管衝吧！」

提升以王之翼飛行的速度，筆直飛向城堡。

城堡占據視野的比例越來越高。但是就這樣持續飛翔，似乎無法直接衝進城堡內。

「有障壁啊……」

在路西法之城所在的暗黑都市拉里西加魯多的外圍處，大規模的魔法障壁沿著那五角形外牆而展開。圓頂狀的薄膜覆蓋了都市的上空。

「那是對觸及者灌注猝死詛咒的空域障壁，非常凶惡。雖然並非無法破壞，但很耗費時間。還是從都市正門進入比較好吧？」

「城門會大方開著嗎？」

「開著啊，你看。」

在撒旦妮亞所指之處，正門大大方方地敞開著。

「為了防禦來自空中的突襲而展開空域障壁，同時正門敞開，這一切都一如往常。這代表拉里西加魯多並未提高戒備。」

「這是陷阱嗎？」

「有可能。」

如此說道，撒旦妮亞朝著正門降落。

我則跟在她身後。

降落至地面上，我們從正門走進暗黑都市中。

就文明發展程度而言，似乎比人類落後一些。

不過都市內的異樣狀況，讓這點差別顯得根本不重要。

——都市中充斥著死亡。

「這是怎麼了……」

教官會臉色蒼白也很正常。

這些惡魔想必都是都市的居民，而居民早已經大量死亡了。

活著的惡魔就連一隻都見不到。

「沒想到內部居然變成這副模樣……究竟是誰幹的……」

撒旦妮亞也陷入混亂。

儘管如此，我們並未停下腳步，不斷往城堡逼近。最後——

在通往城堡的雄偉階梯前方，我們見到有個身影佇立於該處。

那並非惡魔，而是人影。

身穿漆黑長袍，與我們關係匪淺的那傢伙。

「嗨。」

黑袍人如此說道，轉頭看向我們。倒在那傢伙左右兩側的惡魔屍體，恐怕就是極星一三將軍的別西卜與亞斯塔錄。

「這樣啊……這慘狀就是你親手創造的？」

「是啊，撒旦妮亞。」

黑袍人與撒旦妮亞交談的態度彷彿舊識般。

現在回想起來，在莎拉小姐遭擄的事件中，這兩人本來就是搭檔啊……

「話說撒旦妮亞，妳的背叛真讓我嚇了一大跳啊。不管是對我或路西法，或是格刺西亞．拉波斯或貝爾芬格都好，真希望妳提早向其中一人透露。如此一來就能讓妳以更完善的形式參加路西法的計畫了。」

「……什麼？」

「哎，事到如今這也不重要了。就結果而言妳也起了正面功效。」

黑袍人自言自語，我懷著納悶而問道：

「為什麼……是你在屠殺惡魔？」

「為什麼？因為惡魔是應當滅亡的存在啊——難道不是嗎？提爾。」

「什麼……？」

黑袍人的話語聲轉為正常。不再是那聽起來無法分辨性別與年齡，經過魔法變聲的音色。那真實的嗓音我非常熟悉。

「已經沒必要隱藏下去了，就讓各位瞧瞧吧。」

隨後黑袍人褪下自己的黑袍。

下一個瞬間——目睹黑袍下的真實身分，我不禁懷疑自己的眼睛。

教官也啞口無言。

「為、為什麼是妳……」

「原因一言難盡啊，米亞。」

如此說著而現出真身的人物，正是教官的同儕兼中央分局的櫃檯小姐——瑟伊迪小姐本人。

「為什麼……」

教官渾身顫抖。

「——妳、妳在這種地方到底在做什麼啊！」

教官扯開嗓門怒吼，如此逼問。

我不禁有種錯覺，彷彿眼前的情景頓時扭曲變形般。

騙人的吧……？

腦袋一片混亂，徒增困惑。

……這不可能。為什麼？瑟伊迪小姐到底在做什麼……？她一直身為黑袍人而活動嗎？目的何在？她一直欺騙我們嗎……？

「快回答！瑟伊迪！妳到底在做什麼……不，都到了這關頭，妳不用回答了。但是視妳的行動……即便是妳也必須捨棄。」

「請先冷靜下來，米亞。我並不是敵人。」

「不是敵人……但不久之前為什麼要擄走姊姊……？」

「是的，那件事我真的非常抱歉。不過為了進行諜報活動，我無論如何都必須實行那項任務。為了不招惹懷疑。」

……諜報活動？

「——……該不會……」

教官理解了原委般低語。

「瑟伊迪，妳該不會……一直以來都在惡魔方當間諜？」

「正是如此。」

瑟伊迪小姐似乎沒有任何遮掩的意圖，二話不說便對我們點頭。

「我和其他數名葬擊士創立了自稱信仰惡魔的組織『光明會』。以協助惡魔的形式，潛入惡魔陣營之中。這是機密任務。」

「那這齣殲滅劇是……？」

「該說是諜報活動的最終階段吧？因為提爾已經逼近到城堡了，我便事先排除了可能妨礙提爾的敵人。一切都是為了讓提爾順利討伐路西法。」

如此說完，瑟伊迪小姐補上一句話。

「——路西法自身也如此期望。」

「等、等一下，瑟伊迪！路西法自身也如此期望，這是什麼意思？況且妳明明是個情報員，為什麼會和惡魔之王路西法扯上關係？」

「在諜報活動的途過程中，我們光明會的真正任務被路西法識破了。當時我認為自己必死無疑，但是路西法並未殺害我們，而是讓我們融入他的計畫之中。有人類的棋子能控制，想必也有方便之處吧？像是這樣為提爾開路。」

「什麼意思……？」

「想知道的話，就該繼續前進。」

瑟伊迪小姐自階梯前方往側邊退下，讓出了通道。

「最後，提爾，這是我的請求——請前去結束這一切吧。為了所有人希冀的和平。」

瑟伊迪小姐畢恭畢敬地用手按著胸口，對我垂下頭。

到底是怎麼一回事……

狀況彷彿一切都事先安排好了？

託付於我的究竟是什麼？

路西法，你究竟在打什麼主意……

「原來是這麼一回事……」

就在這時，撒旦妮亞恍然大悟般呢喃道。

「……路西法，你真是笨拙啊。」

「撒旦妮亞，妳發現什麼了嗎？」

「唔嗯……雖然說不上全盤理解，但我大致上明白了路西法的用意。然而不能由我來解釋……因為這肯定是你必須親自解決的問題。」

撒旦妮亞如此說完，輕推我的背。

「去吧。我在這裡等你。接下來就是屬於父子的時間了。」

屬於父子的時間……

為何撒旦妮亞會如此斷言？

真相究竟是什麼？

因為想知道，我只能繼續前進。

我邁開步伐，一步一步在階梯上前進。

很快地，我聽見緊追在身旁的腳步聲。

「你們天倫之樂的時間，讓我打擾一下吧。」

「教官……」

「我可以站在你身邊嗎？」

「這還用問……當然可以。」

現在，我有點害怕。

在前方等待我的事實真相，令我感到不安。

儘管如此，只要和教官同行，我覺得無論什麼事都能跨越。

我和教官手牽著手，一同前進。

登上階梯頂端後，進入城內。

一路上完全沒有護衛或警衛的惡魔。

彷彿正邀請我入城般，一切都毫無提防，對我開放。

恐怕誰也不會相信吧，惡魔領域的最深處，路西法居住的城堡竟然如此安靜。

但這是確切的事實，緊繃的靜謐感營造最終舞台般的氣氛。

叩、叩。我們在走廊上不斷前行，任憑腳步聲反覆迴盪。最後——

雄偉的大門逼近至眼前。

毫無疑問，這裡就位置來說便是王座廳。

十之八九就在門後。

路西法。

人類的宿敵。

我的父親。

「準備好了？」

「沒問題。」

我和教官同時伸手推向那扇關閉的大門。

使勁推開。

絞鍊已經生鏽般的刺耳聲響傳來。但我們並不介意，不停向前推——

大門完全敞開後，首先映入眼簾的是深紅的地毯。

視線沿著那條地毯往前方奔馳，抵達了最深處。

「……來了啊？」

——王座就在該處。

在王座上頭，散發駭人氣氛的惡魔坐在該處。

「等你好久了啊，提爾。」

惡魔的身材精悍，一頭灰色長髮格外醒目。

彷彿對一切絕望的雙眼之中，藏著深不見底的威嚴。

背上有六百六十六片翅膀，色彩是比黑夜更深濃的漆黑。

「那就是……」

惡魔之王。

長年來折磨人類的萬惡淵藪。

人類的宿敵。

應當憎恨的對象。

——大魔王路西法。

「提爾大人，在此恭候您的大駕光臨。」

在王座旁，我見到頭戴高禮帽的老惡魔格刺西亞·拉波斯。

但我可不是來找旁邊的隨從。

憎恨到想殺的對象就在眼前。

無法保持冷靜。

沸騰滾燙的憤怒將我的視線固定在路西法身上。

「——路西法！」

「真有精神。算是發育良好的證明吧？」

「住口！你……你到底在做什麼？到底想幹什麼！為什麼那樣高潔的母親會和你這種傢伙生下孩子！為什麼你要把我拋棄在人類領土！你到底想做什麼，給我解釋清楚啊！路西法！」

「——你真有覺悟知曉一切嗎？」

駭人的赤紅雙眼捉住我的意識。雖然距離王座還有好一段距離，卻有種彷彿在極近距離被他直瞪的威壓感，令我背脊發涼。

但是我並不害怕。

因為教官就近在身旁。

只要教官就在身邊，我什麼也不怕。

「不錯的眼神。不過，知道一切之後，那股意志不會動搖嗎？」

「絕不會動搖。」

「確定足以殺死我吧？」

「為什麼想死？」

「為了未來。」

路西法如此低語後，彈響指尖。

下一個瞬間，我發現有東西頓時灌進我的腦海中。

那是不知屬於誰的龐大記憶的洪流。

※

『瑟拉芬！妳快看！四葉幸運草！』

『哎呀，路西法，你找來了很棒的好兆頭喔。這樣一來幸運肯定會降臨。』

少年和年輕女性的身影浮現。

因為他們以名字互相稱呼，我知道少年就是路西法，而年輕女性就是母親。

（怎麼回事……？）

我理應正在路西法城的王座廳，現在卻被迫俯瞰著謎樣的記憶。

（這是……路西法過去的記憶？）

屋外是一片悠然平穩的自然，路西法與母親正欣喜地交談著。

除了這兩人之外，四周還有數名年幼的孩童正在玩耍。

而在場所有人都長著白色的翅膀，無一例外。

頭頂上也飄浮著光環。

不管是母親、孩童們，以及路西法，全都擁有同樣的特徵。

在稍微遠一點的位置能看見一座還算高的山丘，在該處的聚落同樣能看見擁有白色翅膀與光環的人們。

所以我理解到，這地方是天使的聚落。

既然這是天使仍然殘存時的情景，這究竟是幾百年前的記憶……？

『瑟拉芬！我找不到四葉幸運草～！』

『我也是！』

『我也找不到！可惡！都是路西法運氣好，太不公平了！』

『好了好了，不可以吵架喔。只要努力找總是會找到的。』

母親如此安撫著孩子們，但是她看起來不像這些孩子們真正的母親。也許母親在這個時代經營著孤兒院吧。

『吶，瑟拉芬！我找到了四葉幸運草，會有什麼幸運降臨？』

『這我也不曉得，不過應該能讓路西法心想事成吧？』

『真的嗎？那我會很期待喔！』

路西法欣喜地笑道，但下一個瞬間那張臉龐因恐懼而扭曲。

——場景已經變了。

路西法等人原本待在悠然宜人的戶外，但這時他們躲藏在修道院般的場所之中。母親正對著彩繪玻璃獻上祈禱，包含路西法在內的孩童們則圍繞著她，渾身顫抖不已。

『山丘聚落上的天使已全數屠殺！』

『幹的好！但還是要徹底搜索有無倖存者！亞巴頓王已經下令，不能讓天使留下任何活口！』

『是！』

在修道院般的場所外頭，能聽見這樣的對話傳來。

該不會現在這狀況就發生在現代人口中的天使之丘，也就是當年惡魔將天使滅族的現場……？

『瑟、瑟拉芬……』

『……我好怕。』

『噫嗚嗚嗚嗚！』

『我們都會死掉嗎？』

『不會死。只有這座修道院受到我的不可視結界所保護，絕對不會被發現。』

靠著母親的力量，似乎只有此處仍保持安全。

就在這時——

『這算什麼……』

路西法瞪著握在手中的四葉幸運草，淚流不止。

『——這算什麼啊……！這樣太奇怪了吧……！』

這場種族清洗恐怕是發生得毫無前兆吧。

原以為會一直持續下去的和平日常，恐怕就這麼突然地崩壞。

路西法像是拒絕眼前難以接受的現實般喊叫，憎恨這世界般吐露怨恨之聲。

『什麼幸運四葉草啊……！呼喚幸運？——少開玩笑了！根本就沒有幸運降臨嘛！』

真正造訪的是惡魔的大規模攻勢。

與憑藉數量優勢猛攻的惡魔相反，天使的戰力是少數精銳。

傳說中山丘上的聚落就包含了所有天使，天使的人數便是這麼稀少。

所以無論個體有多麼強悍，受到惡魔以數量的暴力接二連三圍攻，最終只能接受滅亡的命運。這般往事也流傳到後世。

『為什麼……惡魔要做這種事……？』

路西法甩開了幸運四葉草。

『難道我們做了什麼嗎……！——我們什麼也沒做吧！我們就只是……在這裡平穩

地生活而已啊！』

路西法如此吶喊著，跪倒在地面上。在惡魔的大軍撤退，此處恢復寧靜之前，他一直哭泣不止。

『大家請乖乖待在這裡喔……我到外頭看看狀況。』

等到惡魔大軍已經離去的時刻，母親為了確認外界狀況而離開了修道院。

孩童們聚集在同一處，依然害怕得不停顫抖，但在這之中只有路西法一人似乎已經失去了感情。不知是哭到力氣全失，或者是已經絕望，他擺著空洞的表情，站起身，不遵守母親的叮嚀而走到外頭——

『啊……』

那情景闖進路西法的眼中。

聚落飽受惡魔的大軍摧殘的慘狀。

『為什麼……』

聚落的地面上，到處都塗滿了腥紅的色彩。

放眼看過去有好幾具不成原型的屍體。

一條右手臂孤零零地掉落在地。

不知誰的頭顱滾落在旁。

被扯碎的內臟飛散在四周，鐵鏽般的氣味充斥於大氣內。

『為什麼……！』

感情重新回到路西法的心頭。

不管誰都能明白，那是憤怒。

那是對惡魔的激昂憤慨。

『我們到底犯下什麼錯！為什麼要奪走我們的未來！』

如此吶喊的同時，路西法的翅膀開始染上黑色。

『啊啊……為什麼……啊啊……我恨惡魔……』

憎恨。

怨恨。

憤恨。

我能夠深切體會，這些感情肯定正在路西法心中打轉。

『路西法——？』

這時母親到場了，目睹路西法的異變而震驚。

『路西法！不可以！請快點回到修道院裡面！然後拋棄憎恨！不要再繼續憎恨惡魔了！你正開始墮落啊！』

『妳在說什麼……！』

路西法瞪向母親。

『要我拋棄恨意？要我停止憎恨？——少開玩笑了！惡魔殺死了大家啊！我要為大家復仇！除非有人為大家報仇，否則大家無法瞑目！』

『不可以！用不著做這種事，只要獻上祈禱，葬送死者——』

『這樣到底有誰能得救啊！』

路西法的憎恨顯然越來越深重了。

翅膀越變越黑。

原本的美麗純白已經不知去向。

就連飄浮在頭頂上的光環也閃爍而黯淡，幾乎消失。

『路西法！不可以！這樣下去你真的會墮落，一旦變成墮天使，就無異於惡魔了！你真的想變得和自己憎恨的對象同類嗎！』

『無所謂！因為力量不停湧現啊……和過去截然不同的力量，自我體內不停湧現……！』

傳說中原本是天使的存在墮落時，名為反轉的效應有時會讓力量爆發性提升。

那現象大概就發生在路西法身上了吧。

以失去天使的身分作為代價，路西法取得了龐大的黑暗之力。

『路西法……』

目睹已然完全墮天的露西法，母親面露悲傷的表情。

另一方面，路西法轉身背對母親。

『瑟拉芬……用不著悲傷。我得到能復仇的力量了。這樣一來我肯定能殲滅所有惡魔……』

『啊……』

『……謝謝妳養育我到今天，瑟拉芬。雖然我從來不知道什麼叫真正的母親，但是多虧有瑟拉芬陪伴，我一點也不寂寞。』

那就是離別的話語，訣別的時刻。

路西法拍打色彩化為漆黑的翅膀，離開了遍地鮮血的聚落。

『我會一個人……為大家復仇。』

※

——我倏然回神。

突然間，四周的風景回到現實。

路西法之城。

城內王座廳。

眼前的身影是路西法與格剌西亞・拉波斯。

身旁則是米亞教官。

「路西法，你……原本是天使嗎……？」

剛才的記憶洪流，似乎也同樣沖向教官。

教官神色愕然地吐出疑問，路西法沒有顯露任何反應。

但是經過一小段空檔後，他只短暫說道：

「別可憐我。」

如此輕聲低語後，記憶再度灌入我的腦中。

※

接下來的記憶，從路西法飽受折磨的場面開始。

『咕……！』

路西法呻吟著。他現在被關押在地牢般的場所。山銅打造的鎖鏈自牆面伸出，束縛他的手腳，讓他無法動彈。

拷問官般的惡魔站在路西法面前，以鞭子抽打路西法，剝下他的指甲，反覆讓他品嘗苦痛的滋味。

就狀況來看，路西法大概被俘虜了吧。

雖然和母親他們道別後隻身入侵惡魔領域，但是復仇肯定沒有那麼簡單吧。

路西法墮天後取得的黑暗之力儘管強大，但在這時候似乎還不夠對惡魔報仇雪恨。

路西法的復仇心並非勇敢，而是魯莽。

『嘖，已經那麼仔細確認有無倖存者了，居然還有這種殘存的天使小鬼。哈，墮天之後落得這種下場。』

在拷問官身旁，當時負責指揮種族屠殺行動的惡魔指揮官也在場。

『這先放一旁，快點開口招了吧，小鬼頭。想必還有其他殘存的天使吧？到底躲在哪裡？』

『…………』

『快說。』

『…………』

『如果你不招，還有比剛才更殘酷的拷問在等著你喔？』

『…………』

『這樣啊。那就用滿漢全席招待他吧。雖然應該有點難，可別殺了他喔？』

『遵命。』

長官的身影消失。

接下來在眼前上演的是殘酷到令人不忍卒睹的種種拷問。

路西法的全身上下歷經了折磨，甚至令人訝異他為何還能維持性命。

即便如此，路西法還是不曾吐出有關母親他們的情報。

不管遭受多麼殘酷的對待，他終究沒有出賣同胞。

（明明擁有這麼強大的意志，為什麼你現在卻會成為惡魔之王，阻擋在人類面前……？）

我這個疑問很快就得到了回答。

日復一日的拷問，持續了至少一百年之後的某一天——

『吾王亞巴頓相當中意你這倔強的個性。』

突如其來，惡魔如此告訴在地牢中日漸衰弱的路西法。

『我們已經不再需要倖存者的情報。跟我前去晉見亞巴頓王。』

『你說什麼……？』

『雖然結論要看你的回答，但拷問就到此為止了。』

『為什麼……為何不再需要倖存者的情報了……？該不會……你們自己想辦法找到了……？』

『不。只是單純失去興趣罷了。天使的倖存者在這一百年來都不曾試圖救援你。換言之，天使至今仍無法準備足以行動的戰力。如果只剩這點人數，對惡魔而言根本不構成威脅。雖然我們一度擔憂天使掀起復仇戰，但是既然知道不可能發生，也不再需要情報了。』

『這樣啊……』

路西法顯得鬆了口氣。因為針對母親他們的危險已經完全消失，也許讓他安心了。

『然後呢？你有什麼打算？』

擔任守衛的惡魔問道：

『坦白說你的性命已經沒用處了。照理來說現在應該處死。但是吾王亞巴頓看中了你的倔強，更重要的是那份黑暗面的力量。墮天之後，經過濃縮的反轉能量在這一百年來想必更加增幅了吧。吾王認為這份力量也許能成為惡魔的助益，因此特別為你留下一條生路。最近人類的威脅度越來越高。為了擊潰人類，希望你貢獻那份力量。』

『為惡魔而戰……？』

『不願意？如果這樣的話，上頭的命令是直接處死。』

『…………』

之後路西法只是一語不發。

持續保持沉默。

『不講話喔？哎，也好。上頭也說給你一天考慮。怎麼選擇才對自己最好，你就仔細想一想吧。』

話一說完，守衛惡魔離去。

路西法死守沉默，陷入沉思。

在隔天，守衛惡魔前來詢問他的回答時，路西法對惡魔說道：

『讓我……成為你們的夥伴。』

他如此說。

不過，這想當然不是因為他對惡魔萌生了忠誠心。

別說是忠誠心了，路西法心中的念頭自然還是復仇。

但是，這時抗拒只會白白送命。

路西法這時決定將延續自身的性命視作優先。

佯裝對惡魔效忠，在這段時間更加累積自身的力量，為了在終將到來的某一天，等待最佳的時機造反。

『很好。那麼就帶你晉見亞巴頓王。』

於是路西法成為了惡魔的同夥。

懷著虛假的忠誠心，為了有朝一日能對惡魔復仇。

但是──

下一個記憶場景告訴我，他的計謀以失敗收場。

『非常好啊，路西法！你這次的戰果也同樣豐碩啊。』

我俯瞰的風景轉變為不知何處的戰場。

此處似乎不久前才剛發生過與人類的爭戰。

佇立於鮮血淋漓的人類屍體的環繞中，路西法受到周遭惡魔的讚頌。

路西法的衣物沾滿了人類的鮮血。

變色了。

漸漸變質。

開始染上——惡魔的色彩。

風景再度切換為其他戰場，路西法在戰場上殺光了無數的人類。

偽裝對惡魔宣示忠誠，並且在諸多戰場立下戰功，在這過程中路西法似乎對於行使黑暗面的強大力量漸漸萌生喜悅。

因為路西法本身早已經墮天。

在墮天的當下，精神就已經絕非正常。

隨著黑暗面的力量增幅且濃縮，心靈也漸漸被黑暗面所支配了吧。

在這之後路西法仍不斷行使黑暗面的力量，為惡魔陣營帶來豐碩的戰果。

他驀然驚覺——

『出自先王的遺言，更重要的是那壓倒性的實力——尊崇路西法為新王！』

由於亞巴頓王駕崩，路西法登上了繼承者的王座。

路西法坐在王座上，那眼神早已經無異於惡魔。

※

「我被黑暗吞噬了。」

過去的記憶再度中斷，我被拉回現實。

與我們對峙的路西法語氣平淡地說道。

「黑暗真是駭人啊。腐蝕自身的善性，使思考紊亂。沒錯，我的理智也明白，我該做的不是這種傷天害理的事。現在不是和人類爭戰的時候。我曾經身為天使的一員，必須為死於惡魔手下的族人復仇。儘管理智上明白，但是被黑暗吞噬的我成為了惡魔，享受與人類之間的鬥爭。」

理性遭到黑暗侵犯。

就算想為夥伴們復仇，被黑暗吞噬的本能卻會干擾。

「我真正期望的是惡魔滅亡，我卻自然而然為了惡魔的繁榮而行動。儘管如此，我仍維繫了僅存的理智，試圖掙扎。」

當他這句話一說完，記憶的洪流再度灌入我的腦海。

※

新的俯瞰風景是一片風光恬靜的山林。
看起來距離惡魔的領域或人類的領土都十分遙遠。
路西法抑制了自身的黑暗面，勉強維持著理性，溜進了這座山林的深處。
該處有座小小的聚落。
白色翅膀與光環。
擁有這種特徵的人們在該處生活的情景映入眼簾。
（是天使的藏身之處嗎……）
那大概是種族屠殺的倖存者所建造的祕密據點吧。
路西法想辦法找出了這地方，獨自一人造訪。
理由我不明白。
但是他似乎並非為了襲擊而來。
『哇！是惡魔！』
『瑟拉芬！惡魔來了喔！』
在外頭玩耍的孩童們見到路西法，紛紛作鳥獸散。

孩童們逃散的同時，大人們則紛紛聚集。

在這之中也有母親的身影——

『路西法……？』

母親似乎第一眼就認出了眼前的惡魔是成長後的路西法。

母親讓大人們解除戒心後，拔腿奔向路西法面前。

『路西法……你這模樣是……』

天使遭遇種族屠殺之後已經過了數百年，歷經許多變化，路西法身上早已沒有任何天使的特徵。路西法就連墮天使都不是了，已經完全化為惡魔，那身影映在母親眼中想必讓她深受打擊吧。

『瑟拉芬……我該怎麼做才好？』

『咦？』

這時我理解了，路西法來此是為了向母親求救。

『我……想為被殺害的大家報仇雪恨……一心一意只想報仇，一直掙扎，受盡折磨，活到今天……我卻成為了惡魔之王。理性雖然期望惡魔滅亡，黑暗的本能卻希望惡魔更加繁榮……而我已經漸漸失去對抗那黑暗所需的光明。我的意志力，不足以對惡魔造反。』

『路西法……』

『瑟拉芬，我該如何是好……該怎麼做，才能對惡魔復仇？』

『我想……已經很夠了吧？』

母親開導般說道。

『我想已經沒必要堅持復仇到這種地步了吧？我敢說，你在這數百年來不斷思考著如何為大家復仇，光是這個事實就不愧對當時逝世的大家了。你的心意肯定已經拯救了大家。』

『就算真是如此……！』

『路西法，你就好好休息吧？好嗎？沒必要再努力下去了。在這裡和大家重新開始生活吧？你的黑暗由我來祛除。儘管無法消除墮天的事實，黑暗面的力量我應該能消除才對。』

『瑟拉芬……』

『我一直在等待著你喔。等你回到我身邊。』

『────』

那溫暖的話語深深打動了路西法的心。

感受到久違了數百年的愛情，路西法的眼眶流下了遺失許久的淚水。

在這之後經過了一夜，但是兩人發現事態沒有那麼容易解決。

就連母親的力量也無法祛除路西法的黑暗。

路西法的黑暗面力量已經增強到這般程度了。

因此路西法離開了祕密據點。

自己不知何時會失去理性，沒有資格拋開一切，在此度過未來的日子。

對母親給他的溫暖心懷感謝，路西法回到了惡魔領域。

儘管回到此處，苦惱當然也不會因此消失。

理智期望惡魔滅亡，但黑暗面的意志阻撓他的決心。

黑暗面的意志期望著惡魔的興盛。

與過去的自己完全相反的慾望，讓路西法幾乎沉溺其中。

原本應該是為了消滅惡魔才墮天，苟活至今，自己現在卻束手無策。

『無法為夥伴們復仇，這樣不堪的我……已經沒有資格活在這世上。』

路西法如此認為，似乎也曾經嘗試自殺。

但是一旦實際上嘗試自殺，黑暗面的意志同樣會出手阻撓。

——為了惡魔的繁榮，非得活下去不可。

如同詛咒般在腦海中縈繞的這句話，甚至不允許路西法自殺。

這樣的折磨日復一日，直到某一天。

『路西法，一年沒見了呢。』

在理性與黑暗面的夾縫間掙扎的路西法面前，母親現身了。

母親似乎使用天術而潛入路西法之城，她的臂彎中抱著襁褓中的嬰兒。

『這孩子是……？』

『是我和你的孩子喔，路西法。』

一年前的重逢就是那嬰兒誕生的契機。

換言之，那嬰兒就是——

『我為他取名為提爾。』

母親如此說道。

『我無論如何都想讓你見到這孩子一眼，才會忍不住來到這地方。』

『那……妳現在就該走了。萬一被逮到，瑟拉芬的下場可想而知。』

『我明白。不過請你把這件事時時放在心上。這孩子就是希望。』

『……希望？』

『雖然你無法達成復仇的心願，只能朝著惡魔之路不停邁進，但這孩子肯定會為你解決一切吧。』

『……因為他是最高階天使和最高階惡魔之子？』

『是的。這孩子有朝一日會得到超越一切的力量吧。我會如此養育他。等到他的身體成長到足以承受，我甚至會把我的一切力量託付給他。如此一來，他肯定會成為替你帶來安寧的存在。』

『……只要一次就好。可以讓我抱抱他嗎？』

『當然可以。』

母親點了頭，將還是嬰孩的我交到路西法懷裡。

『提爾……』

路西法輕喚我的名字。

嬰孩的我呵呵輕笑。

但這時正好就是路西法的黑暗面顯露的時期。

『——咕……！』

能維持理性的時間漸漸減少。

被黑暗吞噬的時間比例增加。

『……路西法？』

『快、快離開……帶著這孩子……快一點……！』

他將嬰孩交給母親。

黑色瘴氣包覆了路西法。

事情就發生在下一個瞬間——

※

「我當場就殺死了瑟拉芬。」

我發現自己被拉回現實。

這句話突如其來傳來。

「被黑暗吞噬，束手無策。」

「……什麼？」

「雖然我立刻取回理智，但瑟拉芬所受的致命傷已成現實，而且傷勢嚴重到治癒術也無法治療。在臨死之前，瑟拉芬並沒有責怪我……但是我無法原諒自己。」

「你……」

「豈止是無法為夥伴們報仇，無法保護心愛的人，甚至親手殺害，我無法原諒這樣的自己……為了盡早把這樣的自己連同惡魔這種族一同了結，我決定養大你，也就是瑟拉芬留下的希望。」

真相漸漸揭露。

「但是，如果把你留在我身邊養大，黑暗面的意志可能會殺了你，就像殺了瑟拉芬一樣。唯獨這件事一定要避免。因此我將養大你到懂事的任務，交給了當時沒有任務的

撒旦妮亞。」

「……為何選上撒旦妮亞？」

「擁有智慧又適合育嬰的高階惡魔，就只有撒旦妮亞。然而那傢伙有用情太深的傾向。正因如此，我沒有告訴她真正的計畫。一旦告訴她，她可能會認為那計畫會讓提爾背負太多而抗拒。」

「你說的計畫……就是讓我打倒你？」

「除此之外還有什麼？」

路西法斷然說道。

「一切都是為了未來。開創沒有惡魔的世界所需的準備工作。比方說，將成長到一定程度的你棄置在人類領土，就是為了讓你以人類的身分成長。就算你擁有足以打倒我的潛力，如果你不視惡魔為敵人就沒有意義。因此你必須成長為對惡魔恨之入骨的人類。」

原來……是這麼一回事嗎？

路西法的希望是自身與惡魔的滅亡。

但只要黑暗面的意志期望惡魔更加繁榮，他就無法違逆。

他自己無法引導惡魔滅亡。

所以路西法動員了僅存的所有理性，將希望託付給我。

為了讓長大後的我劃下休止符，創造沒有惡魔的未來。

就只為了這個目的——他策劃了這一切吧。

「來吧，提爾。殺了我。」

路西法毅然地說道。

「你剛才說過了吧？就算得知一切，你的意志也不會動搖。」

「是啊……」

「那就放馬過來吧。用你那份力量，結束惡魔的歷史。」

「——等一下！」

這時，教官拉高音量叫道。

「路西法，這樣你真的心滿意足嗎？」

「妳是指什麼？」

「這樣你未免太沒有救贖了！天使的夥伴們被殺，也無法為夥伴復仇，最後甚至殺害心愛的對象，最後被自己的兒子殺死……你不覺得這種人生簡直毫無救贖可言嗎？」

「我說過了，不要可憐我。」

路西法的身軀開始冒出有如黑色鬥氣般的力量。

「不需要任何救贖。我是完全的邪惡。雖然遭受黑暗面意志的影響，但我殺害了數不清的人類而登上全惡魔的頂點。在這之後殺害了相當於妻子的存在，又讓自己的骨肉

擔負沉重的責任。因為希冀惡魔更加繁榮，這次的大號令其實也有一半是真的要侵略人類。這樣的我不需要任何救贖。」

翻騰的漆黑鬥氣越來越強烈。

伴隨著駭人的呼嘯聲，漆黑鬥氣開始纏繞路西法的身軀。

「況且我已經漸漸與永恆黑暗同化……已經到了極限。希冀惡魔繁榮的意志已經無可壓抑。」

爆發性的波動傳來。

當波動止息時，路西法已經化為應當以漆黑之影來描述的異形。

「提爾大人。」

就在這時，一直靜靜傾聽的格剌西亞．拉波斯開口：

「懇請您為吾王帶來安息。」

只留下這句話，格剌西亞．拉波斯似乎封印了自身的性命，化為不再言語的肉體而倒下。因為他身為路西法的親信，早已經理解了一切，搶在惡魔滅亡之前先尋死了吧。

「…………」

路西法不再言語。他的意識已經被黑暗吞噬，深陷於其中，就連親近部下的死也讓他無動於衷。

他甚至釋出了殺氣，意識集中在我們身上。

「這算什麼……」

我理解了路西法的想法以及目的。

因為自己無能為力，於是就把毀滅惡魔的重責大任託付給我……

「然後……你竟然就早早退場了啊。」

只留下黑暗意志，讓我親手收拾。

「——少開玩笑了！」

把一切都加諸在我身上，最後甚至不給我抱怨的機會就消失。

有這種自私的做法嗎？

徹頭徹尾只在乎自己。

全然忽視我的想法。

（不……）

倒也並非忽視。

反倒是因為符合我的宿願，更顯得惡質。

這一切都是算計。

我現在站在人類的立場上，對惡魔懷有厭惡感，時時不忘憎恨，將那份情感作為原動力，成為葬擊士並步向巔峰，現在成為人類方的最高戰力。這一切恐怕都在他的計畫之中。

憤慨。

憤怒。

按照路西法的想法而走到這一步。

但是，儘管如此，我還是——

「小提……至少讓你這位笨拙的父親，在最後能夠安息吧。」

「……我明白。」

路西法無庸置疑絕非善類。

雖然並非善良，但墮落至此的起因是善良本性的失控。

對惡魔的復仇心成為一切的開端，但是那份感情將路西法逼瘋了。

對惡魔的復仇心，不知何時成為了純粹的負面能量。

那份負面能量讓路西法心中萌生了黑暗面的意志，甚至讓他開始期望惡魔的繁榮。

被無法抗拒的黑暗面所吞噬，最終化為我面前的存在。

就連惡魔都算不上的漆黑人影。

彷彿世上將所有惡意熬煮而成的黑暗凝聚體。

最終一事無成而墮落至深淵的天使的下場。我們朝著那人影舉起武器。

「我要上了……路西法！」

就算一切都被這傢伙玩弄在股掌之間也無所謂。

要讓路西法順心如意也沒關係。

在我們抵達此處之前，已經付出了許多犧牲。

不只是打從開戰之後的死傷。

惡魔的被害者在這世界上本來就多到數不清，現在也正增加中。

苦於歧視的禁忌之子也不例外，追根究柢也是因為惡魔作惡多端，才會遭到世人白眼相看。

這世上究竟有多少人因惡魔而苦？

只要考慮到這一點，就明白應當於此做個了斷。

不是因為誰將之託付給我。

不是因為這是某人的心願。

而是因為我自己想要沒有戰亂的和平未來——

（——所以說……）

我要憑著我的意志——

「——結束惡魔的歷史！」

心中希冀這是最後一次仰賴這份力量，我展開了王之翼。

打定主意一擊就取命，下一個瞬間我衝上前去。

描繪十字架般的軌跡，我揮出雙劍以撕裂路西法的身軀。

但是路西法在手中創造黑影之劍，擋下了我的雙劍。

儘管如此，我這邊——

「——還有我在！」

彷彿看準了時機，可靠的劍光奔馳。

教官約好了要與我並肩戰鬥，一同來到了此處。她的劍擊針對了路西法的防禦破綻，確實使他負傷。

沒有放過路西法的架式瓦解的機會，我再度揮劍進攻。

然而——黑影之手擋下了劍擊。

「什麼……！」

那隻手並非路西法的手。

地面上長出了手臂——我只能如此描述。

彷彿擁有意志般，黑影之手不斷阻撓我的劍擊。

而且黑影之手還不只一條。我突然發現，無數的黑影之手有如百花齊放的花海般自地面冒出，直逼我們而來。彷彿要把我們拖入地獄中，想要纏住我和教官。

「教官！請小心！」

「別擔心！沒問題！」

教官以槍劍射穿黑影之手。

又或者是斬斷。

教官接連處理黑影之手。

黑影之手的速度非常快，不久前的教官肯定連反應都來不及，但是現在教官卻追得上那速度。

我為了教官的實力增長而感動。

不能讓她專美於前，我也砍飛了黑影之手。

利用王之翼的移動力，一次將大量的黑影之手掃除殆盡，隨後再度對路西法發動攻勢。

「吶！小提！這場戰鬥結束之後，有什麼打算嗎？」

教官也同樣轉守為攻。同時對我拋出這樣的疑問。

居然還能詢問勝利後的展望，看來相當遊刃有餘。

我覺得不該太過輕敵，但也回答——

「我想先休個長假！」

我接下這個話題。

我覺得用這樣的態度來迎戰，反倒可以卸下不必要的緊張。

「我也同意！我好想念軟綿綿的床鋪！」

米亞教官說著，揮劍斬向路西法。

很遺憾地，她的一擊被路西法擋下了，但我緊接而上的追擊先彈飛了路西法的劍，隨後擊中他的軀幹。

——應聲飛了出去。

彷彿戲劇效果般，路西法猛然撞上牆面。他搖搖晃晃地撐起身體。

我想趁著他起身時繼續猛攻，但我見到路西法大幅伸展那六百六十六片翅膀。甚至發出了感情激昂的咆嘯，無數的魔方陣在我們眼前展開。每一個魔方陣都有如機關槍般開始射出黑影魔彈。

那就有如死亡的暴雨。

雨點橫飛而來，每一滴都帶有超乎想像的強大威力。

按照常識來想，人不可能閃躲雨滴。

更別說那每一顆都伴隨著超越常理的力量。無情至極的攻擊鐵定能瞬間葬送對方。

然而——

「……！」

路西法感到震驚般，微微側過身子。

我還另當別論，就連教官也以銃劍接連彈開黑影魔彈，這就是原因吧。

這種程度的攻擊，現在的我們已經能輕易識破。

母親所託付、激發的力量，絕不會屈服於黑暗。

路西法射出更密集的黑影魔彈，但我們同樣識破彈道並化解攻勢。

如果這就是威力最強大的攻擊，我大概已經摸透了被黑暗吞噬的路西法有幾分實力。

同時也感受到希望之光投落。

接下來只要找出反擊的機會即可。

化解死亡之雨的同時，我如此思索——

「我真的覺得，能遇見教官真是太好了。」

突然間，這句話脫口而出。

「小提……」

「雖然一切看似都在路西法的計畫之中，但事實並非如此。是因為教官找到了我，我才能努力到現在。如果沒有遇見教官，我肯定永遠無法擺脫平凡。」

——訓練生時代。

因為眾人對禁忌之子的歧視，我一直孤獨一人。

雖然就算孤獨一人我也會持續努力，但努力是否能如今天這樣開花結果，恐怕很難說吧。平庸地成長，最後終究無法覺醒，路西法的計畫也因此功虧一簣的可能性大概也很高。

不過這並未發生在現實中，是因為教官對我的關心。在世人仍然普遍歧視禁忌之子

的時代，教官一點也不在乎旁人的眼光，向我搭話。

告訴我一起努力。

有一天要在真正的戰場上並肩作戰。

因為教官反覆這麼說著，長年來陪伴我訓練，我才能夠不洩氣地持續努力。

因此——

「能遇見教官真是太好了。是教官拯救了我。」

「我也是，小提也曾經拯救了我。」

接連不斷彈開黑影魔彈，教官也如此說道。

「因為成為知名葬擊士的小提時常在我身旁出現，奇怪的男人不太會找上我。」

「這算什麼嘛……」

發揮驅除害蟲的功用，也算是拯救嗎……？

「玩笑話就先放一旁。」

「有人會在這種時候開玩笑嗎？」

「哎，不過多虧有你一直待在我身邊，讓我湧現了更多動力。覺得自己的戰果不能輸給自己教過的小男生。」

教官淺淺一笑。

「不過我漸漸追不上你的成長，不知不覺被你遠遠拋在後頭，我想說這就是男生的成長速度，讓我嚇一大跳。覺得也許不可能再度追上你……一度就這樣放棄了。」

「但是教官現在與我並肩作戰。」

「是啊。多虧這份被激發的力量。」

「莎拉小姐說過，只要是自己身上的力量，不管是什麼都算自己的才華。」

「我家姊姊這句話還真有道理。」

「我也因為這句話而解開心結了。」

莎拉小姐當下不在此處，但她身為鍛造工匠為我們提供至高的武器，與我們並肩作戰。

不只是莎拉小姐。

我現在站在這裡，肩負無數人的意志。

因此我非贏不可。

而且我必須獲勝，因為有些話要在勝利之後說出口。

「教官。」

「怎麼了？」

「等這場戰爭結束，一切都塵埃落定之後，我有些話想告訴妳。」

「這是等一下就會死掉的人才會說的台詞喔？」

「我不會死。」

「我相信你。所以……」

教官說著，一眼瞄向我。

「絕對要告訴我喔？」

「好的。為了這個目標，首先——」

「——就先打倒路西法吧？」

死亡彈雨漸漸變得稀疏。但那恐怕不是因為路西法的魔力耗盡，單純只是正準備施展其他招式吧。

既然如此，我們當然也不會放過這個破綻。

看準了黑影魔彈的歇止時機，我們同時出擊。

就在這瞬間，我注意到教官背上同樣展開了純白的翅膀。

也許是決心擊倒路西法的感情，授予教官新的力量。母親之前提過，教官的力量尚不完全，仍有成長的餘地。當下我們正與世上最凶惡的敵人交手，置身這樣的處境中，在各方面都有所成長一點也不奇怪。

教官的潛力在此開花，肯定會成為結束這場戰鬥的契機！

「——路西法，我們會打倒你，為世界帶來和平！」

教官的行動力大幅提升，她滑翔飛向路西法。

「這可不是為了實現你的心願，只是單純因為我們想要風平浪靜的明天！」

教官以槍劍的劍擊型態勇猛地連續出劍，為我開創進攻的契機。

風平浪靜的明天。

為了眾人夢想中的光明未來——

我握緊了雙劍，衝上前去。

「這樣就——」

為了不愧對教官的勇氣，我一瞬間就繞到路西法的背後——

「——結束了！」

將我能灌注的最大魔力與天使之力注入雙劍中，成功在路西法的軀幹上切出十字傷口。

此時，包覆路西法的黑影突然間炸裂般消散，路西法的軀體暴露在空氣中。

路西法的軀幹已經被十字斬切斷，他口吐鮮血，癱倒在地面上，同時他稍微取回了意識，直視著我說道：

「……最後一擊……」

「用不著你說——」

「等一下！城堡開始崩塌了！」

事實就如教官所說。

我使出的最後一擊不只斬斷了路西法，甚至連我前方的空間也一併劈開了，對支撐城堡整體的支柱造成了足以導致崩塌的損傷。

「要是不快一點逃脫的話，會被崩塌波及！而路西法大概會跟著崩塌的城堡一起離世——」

「我們先逃離？」

我沒有異議。

我們經過瀕死的路西法身旁，打算自崩塌的牆面飛向外界。

就在這時——

「未來……就拜託你們了……」

路西法痛苦的話語聲傳來。

我迷惘是否該點頭，最後還是點了頭。

我覺得路西法似乎笑了，在這同時我和教官一同飛離城堡。

「喂～！在這邊～！」

在我們飛出崩塌的城堡時，撒旦妮亞呼喚我們的吶喊聲傳來。

看向地面上，在與城堡有一段距離的位置，撒旦妮亞和瑟伊迪小姐正對我們揮著手。

我們降落到兩人身旁。

於是兩人便欣喜地叫道。

「既然兩位平安回到此處，就表示你們順利打倒路西法了吧？」

「做得很好！」

撒旦妮亞奔向我，展開雙臂抱住我。

「沒受傷嗎？如果受傷的話，我來幫你唱『痛痛快飛走～』。」

「我毫髮無傷，不用了。」

另一方面，瑟伊迪小姐則拿教官的白翅膀開玩笑。

場上氣氛一派輕鬆。

一切都已經結束了。

城堡崩塌的轟然巨響迴盪，有如宣告和平時代到來的鐘聲。

但是──下一個瞬間，發生了異狀。

「感覺……地面是不是在搖晃？」

伴隨著轟隆隆的地鳴聲，地面的確搖晃著。

我原本以為是地震。

或者是城堡崩塌造成的震動。

然而我馬上就會明白，事實並非如此，

「──請看那邊！」

突然驚覺般，瑟伊迪小姐指向崩塌中的城堡。

漸漸傾頹的城堡各處都開始滲出黑影狀的物體。

那現象……看起來和剛才覆蓋路西法全身的永恆黑暗性質相同。

「——該不會……」

教官神色驚恐地低語。

就在下一個瞬間。

『還沒完……』

路西法的聲音響徹周遭一帶。

『還沒結束……』

這句話聽起來不像是出自一心尋死的路西法。

換言之，這並非路西法的理性面。

——是黑暗面的意志。

被永恆黑暗所吞噬，期望惡魔更加繁榮的黑暗面路西法，似乎決定要掙扎到最後。

『惡魔的未來將會千秋萬世。會滅亡的是你們這些人類……』

崩塌中的城堡也被黑暗吞噬。

不，不只是路西法的王城。

我們發現黑影如同浪潮般撲向暗黑都市拉里西加魯多——

「快飛啊！萬一被淹沒，會被吸收！」

撒旦妮亞抱起瑟伊迪小姐，往上空處逃竄。

我和教官也用自身的翅膀向上飛。

都市整體漸漸被黑影吞沒。

這影響也許損毀了防衛系統的魔方陣，空域障壁已經消失。

我們往更上空處逃走，然而——

『別以為有辦法逃走……』

在王座廳見過的無數黑影之手再度現身，朝我們伸長。規模和剛才簡直無法比擬。數量不下數千甚至數萬的黑影之手，以驚人的速度直衝而來。

我們施展劍擊與魔法，用盡所有手段擊墜黑影之手。

就在這時，在被黑影吞沒的暗黑都市中央處，巨大的頭部緩緩地浮升。那顆頭部不停向上升起。頭部下方連接著頸部。頸部下方則是軀幹。那是以黑影凝聚而成的上半身。外觀與路西法神似，漆黑而巨大的上半身。

就連背上的翅膀也同樣重現，不祥至極的同時也令人心生敬畏。

『吾之黑暗將染遍世界……永遠的黑暗將支配世界……！』

不斷彈開黑影之手的同時，我不禁寒毛直豎。

那存在感與剛才於王座廳交手時截然不同。

壓倒性的黑暗面力量。

吞噬整個都市還不滿足吧，那黑影的浪潮繼續向外擴張。如果就這樣繼續擴張，最後說不定真的能吞噬整個世界。

這就是惡魔王的真本事——不，更凌駕於惡魔王之上的邪惡凝聚體。

意圖毀滅人類的永恆黑暗。

路西法……把這種存在一直壓抑於自己的內在嗎？

一面對抗著如此駭人的黑暗，同時一心期望著惡魔滅亡嗎？

（……——）

路西法的精神力也許堪稱偉大吧。

當然這黑暗到頭來也是源於路西法自身的產物吧。

追根究柢來說，這怪物誕生的契機肯定是路西法的墮天。

儘管如此，如果路西法一面抵抗著這種怪物，一面籌劃毀滅惡魔，那實在是了不起的壯舉。

如果路西法更早被這黑暗所吞噬，這世界恐怕早已經不復存在。

在我們擬定對策之前，也許黑暗已經覆蓋這世界。

（我們能有今天……）

為我們將希望維繫至今的就是——

『正是如此，提爾。路西法身為罪惡淵藪，為了負起責任而一直忍耐到今天。』

「──？」

不可能聽見的說話聲突然響起。

那說話聲並非稍縱即逝的幻覺。

『當然了，儘管如此我也絕對不會要求你把路西法視作善人。因為路西法過去犯下的罪行絕對無法得到原諒。』

「母親……？」

不知從何處傳來的聲音，毫無疑問就是母親的嗓音──

『我將一部分的殘留意志事先暗藏於轉讓給你的力量之中。為了在緊急時刻，僅此一次能與你對話通訊。』

如此解釋祕密後，母親繼續說道：

『提爾，首先要感謝你將路西法逼入這般絕境。只要引誘永恆黑暗現身，接下來一旦擊敗它就必然能為世界帶來和平。』

「我們……真能敵過它？」

我們的攻擊對那焦油般的漆黑影子有效嗎？

光是要斬斷不斷殺來的黑影之手就已經竭盡全力了。

『提爾，沒必要感到畏縮。』

母親以溫柔的語氣鼓勵道。

『現在的你們一定能擊敗永恆黑暗。以光明對抗黑暗。』

「……光明？」

『你身為至高希望，體內擁有的光之力已經經過我的力量增幅。你也許會擔心自己參雜了惡魔的血脈，這份純度較低的光芒也許還不夠。但是你——身旁有位天使的伴侶吧？』

——天使的伴侶。

她指的當然是教官吧。

無論何時教官都是我的光明，是我無可取代的希望。與這個人——

『去吧，提爾——執子之手，展現光明。』

不知為何。

我完全理解了接下來該怎麼做。

理應無法聽見母親話語聲的教官似乎也相同，我們不再應付黑影之手，暫且放下武器，牽起彼此的手。

這瞬間黑影之手纏住我們，要把我們拖向地面。

「你們在做什麼？為何停止戰鬥！」

撒旦妮亞如此怒吼，但我們當然並非放棄戰鬥。

——光明。

我們在心中描繪光明，集中意識。

將力量注入相繫的手掌中。

描繪劍的意象。

光之劍。

當那意象在腦海中重現的瞬間——

我們的雙手綻放光芒。

彷彿為了對抗黑暗而閃耀，那光芒越來越強烈。

伴隨著壓力的光芒將黑影之手紛紛彈開，接連淨化之。

我們不再受到任何黑影纏身，手中出現了一柄揮灑金黃光點的光之劍。那巨大的劍身彷彿能直達蒼穹，甚至有如一道光柱。

「哦哦……」

「太驚人了！」

撒旦妮亞的表情倏然轉變，為之屏息。瑟伊迪小姐的表情也轉為明亮。

在此時我們確信。

這就是最後一擊。

一切終於都要落幕，眾人期望的和平明天就要到來了。

所以。

為了將那明天化為現實——

「「————！！」」

我和教官一同揮出那道光束。

下一個瞬間，形似路西法的巨大黑影的上半身連同黑暗覆蓋的地表，一併被斬斷。

『儘管如此……還沒完……——還沒有結束啊啊啊啊啊……！』

巨大黑影的上半身不放棄抵抗，朝我們伸出手，但我們的連續攻擊將那條手臂也劈成兩半。

「已經很夠了，讓路西法安息吧。」

如此宣告後，我們送上最後一擊。

龐大的光量以地面為中心，朝四面八方擴散。

永恆的黑暗被放射狀的光線所抹消——最後消失無蹤。

「…………」

暗黑都市恢復原本的模樣，同時光之劍也跟著黯淡。就在這同時——

「路西法……」

在都市中央的半空中，剛才巨大黑影的上半身存在之處，路西法的身軀彷彿正在升天的途中，以渾身無力的仰躺姿勢飄浮在半空中。儘管身軀漸漸化為粒子而消散，但路

西法似乎還保有意識，對我們發出話語聲

「這樣一來……沒有惡魔存在的未來就確定會到來了……那天死去的同胞們，想必也都能瞑目了吧……」

「這下你能安眠了吧。」

「是啊……終於啊……」

當路西法放心地呢喃說道，螢火蟲般的一顆光點出現在他身旁。

我覺得那也許就是母親──

『提爾，這次真的要永別了。』

「要和路西法……一起離開了？」

『是的。這次為了讓他別再誤入歧途，我會好好帶領他。』

「要好好相處喔。」

『提爾才是，要珍惜自己的伴侶喔？』

這句話一響起，螢火蟲般的光芒包覆了路西法的身軀。

路西法與那光芒一同漸漸消散。

就在他即將完全消失的瞬間──

「提爾……」

路西法喚了我的名字。

然後他說：

「……對不起，我不是個好父親。」

留下這句遺言，路西法與母親一同消失了。

這次真的一切都結束了。

在一切都塵埃落定的同時，我呢喃——

「事到如今……還道歉幹嘛……」

……不可能。

你犯下的過錯……不可能因為這一句道歉就消失。

這點程度不可能讓我原諒。

所以……我不會忘記。

自己有一位世界上最差勁也最邪惡，史無前例而且無從辯護的爛人父親。

而且也有一位全心追求自己的宿願，貫徹信念到底的帥氣父親。

終章　和平未來造訪

在這之後，路西法之死使得惡魔失去統領，指揮系統土崩瓦解。

損傷不大的人類聯軍很快就將全軍派向惡魔領域的每個角落，開始獵殺殘餘勢力。我和教官等人便率先參加掃蕩隊伍。

反抗作戰開始之後經過了一個星期，放眼可見的範圍內，所有惡魔都已經徹底殲滅，這場戰爭以人類的完全勝利收場。

在這之後的諸多瑣事，因為太過忙亂，我自己也記不太清楚。

我被視作討伐路西法的英雄，必須參加各國的和平慶典與勝利遊行。雖然我覺得教官同樣是英雄，但我之後才曉得教官主動回絕了英雄的待遇。

那是小提一家所帶來的勝利，身為外人的自己不應該搶鋒頭——教官如是說。

也許該說她個性太過一板一眼吧？

讓她有這種感想，我也覺得歉疚。

所以——我有句話非得告訴她不可。

「已經一年沒回來了啊……」

不只是各國的和平慶典與勝利遊行，我還被邀請參加形形色色的活動，現在我結束了種種的行程，正在返回帝都的途中。

就如我剛才的自言自語，這是睽違一年的凱旋。列車車窗漸漸映出熟悉的景物，讓我確實理解到自己已經回來了。

「慶典巡迴之旅再延長一點也不錯啊。難得能和提爾兩人獨處，玩起來很開心啊。」

如此說道的撒旦妮亞正坐在我身旁，假扮為人類的外觀。

撒旦妮亞現在成了世上現存的最後惡魔，這一年來陪伴著我的旅行。她基本上都會消除身影，只在旁人不太會注意到的場所現身。

「撒旦妮亞。」

「怎麼了？」

「妳也是惡魔啊，這樣真的好嗎？」

在這沒有任何同志的世界。

若仔細去找，也許還有惡魔殘存吧。不過只剩下一旦被發現就會被掃清的數量。撒旦妮亞已經等同沒有同族的夥伴了。

「你這問題也問得太晚了。」

不過撒旦妮亞無所謂地說道：

「我本來就是為此而背叛，這樣當然很好。」

「這樣啊。」

「唔嗯。話說列車也快到站了，你先戴上帽子準備變裝吧。」

「知道了。」

和過去相比之下，我的名號已經過於響亮了，現在走在外頭必須變裝才行。

我將帽簷壓低，戴好帽子時，列車已經抵達了帝都中央車站。

走出車站大廳後，立刻就找了輛空馬車，離開市區。

目的地當然是教官家。

和教官也已經一年沒見了。不過我事先寄出信件告知大約的歸來時間，並非突如其來返家。

「…………」

我稍微有些緊張。久違的重逢是原因之一沒錯，但其他的原因可能比重更高。

無論如何，不久後就能與教官重逢了。

對此的喜悅在我心中頓時萌發抽芽。不久後——

馬車抵達了位於帝都郊外的教官自家前方。

走下車廂，在大門前方已經有幾張熟面孔聚集於此。

「提爾！歡迎回來！」

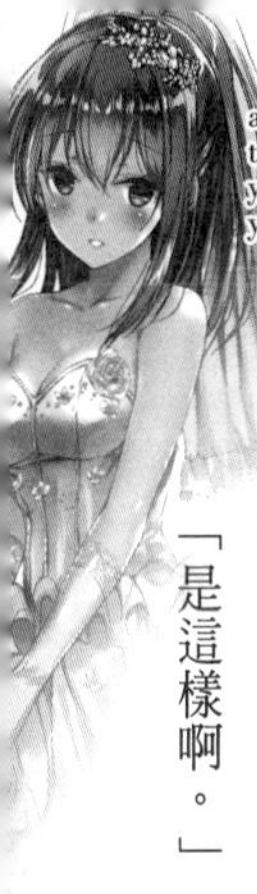

夏洛涅的個頭還是一樣小，她立刻奔向我。

「嗯。我等這一天好久了。快點跟我上床吧？」

艾爾莎一把推開夏洛涅，她還是老樣子，面無表情地胡言亂語。被推到一旁的夏洛涅當然也氣炸了。

「好啦，該跟人家玩解剖遊戲了吧？」

路米娜小姐還是老樣子想檢查我，隔了一段距離如此說道。

「嘻嘻嘻，那提爾想跟我怎麼玩？只要提爾開口，我什麼都願意喔？」

在這狀況下，莎拉小姐一如往常般親暱地貼上來，一把攬住我的手臂。

換言之，熟人們通通都集合了。

（不過為什麼大家都跑來了……？）

我只寄信告知教官一人而已啊。

「哎，就是米亞告訴我們的。」

像是看穿我的疑問，莎拉小姐如此回答。

「她說只有自己一個人歡迎提爾歸來好像也不太對，於是就這樣邀我們一起來。不過那孩子心裡肯定比我們都想獨占提爾吧。一整年都分隔兩地，看得出來她一直都很寂寞。」

「是這樣啊。」

「嗯。所以說，你就快點去見她吧。米亞就在家裡。提爾一定也很想見到她吧？」

語畢，莎拉小姐繞到我背後，在我背上輕推了一把。

其他眾人也對我投出鼓勵般的視線。

我點頭回應眾人，下定決心後步入家中。

懷念的氣味鑽進鼻腔。

教官的香氣。

那香氣讓我有種身心放鬆的感覺，我穿過走廊，前往客廳。

很快地，當我抵達客廳時……

「──」

就在我眼前──

「歡迎回來，小提。」

像是為了迎接我而靜佇於客廳中，教官面露溫柔的微笑。

許久未見的教官看起來沒有任何改變。

我頓時放心了。

紅色頭髮在後方盤起。無時無刻守候著我的堅強眼眸，以及堪稱女人味巔峰的至高身材。

和當初離別時毫無改變的教官就在眼前，讓我更強烈明白自己回來了。

「我回來了，教官。」

「小提，稍微長高了？」

「我不曉得。沒有特別去量。」

「感覺應該有長高喔。哎呀，畢竟是這個年紀嘛。」

「不過我也滿十八了。在分開的時候成年了。」

「啊，對喔，差點忘了。小提終於也成為大人了呢。」

感觸良多地如此說著，教官神色平靜地直視著我。

我也回望那雙眼眸，同時我脫下帽子，把手伸進口袋。

「教官。」

於是——沒錯，正因為我成年了，有些話應該由我說出口。

我已經不是小孩子，也能負起責任。

而且之前原本就約定好，在一切結束之後就要說出口。

我已經表明，有些話希望教官聽我說。

但因為預期之外的諸多行程，讓教官等了足足一整年，因此我現在就必須告訴她。

我取出一個小盒子，打開盒蓋後擺在她面前。

裡頭是一只純銀戒指。

注意到教官吃驚地倒抽一口氣，我抬起臉與她四目相對。

教官的眼眸漸漸泛起水光。

我期盼著那是欣喜的淚水，同時毅然決然地開口。

「教官……——不對，米亞小姐。」

「……嗯。」

「我不會旁敲側擊。」

「……嗯。」

「一直以來，自從我還是訓練生時，我就一直喜歡著米亞小姐。這份心意至今不只是沒有改變，反而不停累積而且持續膨脹。」

「……嗯。」

「我會時時不忘這份心意，一定讓米亞小姐幸福。所以——妳願意和我結婚嗎？」

我百分之百是認真的。

萬一被拒絕了該怎麼辦？雖然這樣的不安並非不存在——

但我馬上就明白那只是杞人憂天。

「嗯……我願意。」

閃爍的光點自眼眶滑過臉頰，米亞小姐對我點頭同意。

同時她也伸手拿起戒指，在我眼前戴上戒指。

之後我們緊緊相擁。

自然而然地彼此接吻，雖然走廊上傳來好幾人份的視線，但我們沒有停止擁吻。
因為這段時間是只屬於我們的至福時光，無論誰都無法打擾。

在這之後——

我和米亞小姐重新開始同居，調整好彼此的時程，最後在春季到來之時，我們決定要舉辦那件「大事」。

「這一天終於到了……」
某處的室內，目前只有我一個人。
坐在擺設於窗邊的梳妝鏡前方，我感觸良多地呢喃道。映在鏡中的自己，頭髮理得比平常整齊，身穿一襲以白色為主的正式禮服。
今天——我和米亞小姐將正式結為連理。
不，戶籍上其實已經是夫妻了。
不過還是要經過正式的婚禮，才能讓心情推向人生的新階段。
終於等到這一天了。
實在無法形容我到底有多麼期盼今天到來。
伴隨著心跳加速的興奮，我心中也有一部分感到緊張。

我不再與鏡中的自己互瞪，站起身。拿起擺在桌面上的玻璃瓶，將瓶中的水注入杯中，滋潤喉嚨。

望向牆面上造型豪華的掛鐘，距離典禮開始還有一小段時間。

米亞小姐大概正在其他房間精心打扮吧。

到底會變得多麼漂亮？

我期待著接下來親眼確認的瞬間。

「話說回來……」

我從這間準備室的窗口向外看，見到數量驚人的來賓前來參加。

我們送出邀請函的對象大多數都答應前來參加，才會有這樣的結果。在和平慶典上對我有諸多照顧的其他國家的王室都前來與會，光用感謝這樣的字眼已經不足以表達我感謝的心情。

舉辦典禮的本場所，正是坐落於帝都中的皇族家的城堡。會場就是城堡內部的教堂式大廳。

今天這個大好日子，說是有陛下的全面協助才能成立也不為過。

你過去為帝國持續做出莫大貢獻，當然也該有最高等的回報──陛下如此說道，並將城堡當作典禮會場借給我們。

正因為有最棒的協助者，讓我精神緊繃。

按捺著興奮之情，我細細品味著婚姻迎面逼近而來的這段時間。

就在這時——

「——提爾，米亞看起來超漂亮的說！」

大呼小叫而闖進我的準備室的人物，正是身穿一襲性感黑禮服的莎拉小姐。

莎拉小姐似乎是以親屬的身分協助米亞小姐更衣，這時米亞小姐似乎已經準備就緒，因此前來叫我。

「快點來嘛，提爾。來看看新娘子！」

「我當然也想看啦，不過那個……人家不是說新娘在典禮開始前別讓人家看到比較好？所以還是在典禮開始後看見——」

「那只是迷信啦！況且喔，我和化妝師全都仔仔細細看過了一遍了，沒必要在意啦。好嗎？」

「有道理……」

「況且新郎比其他人還晚看到，這樣太奇怪了吧？提爾該頭一個看見才對！」

莎拉小姐抓著我的手，帶著我走出準備室。

米亞小姐的準備室就在旁邊，步行不到十秒就到了。

於是。

「————」

失去言語的經驗並非第一次遭遇，其實過去也有過不少次，儘管如此我在這個當下感受到的衝擊卻遠勝過去每一次。

「怎麼樣？」

莎拉小姐洋洋得意地挺起胸，但我沒有因為她而分神，視線被固定在同一處。

米亞小姐身穿一襲純白的禮服，有若天使的羽衣般。在那薄薄面紗的另一側，我見到她淺淺微笑的表情。

那不知該如何形容才好的美麗身影緊緊抓住我的心。雖然米亞小姐過去也曾參加雜誌攝影而穿上結婚禮服，但是眼前正式的新娘打扮所綻放的光采，簡直讓之前那次相形失色。

「吶。」

這時米亞小姐有些畏縮地開了口——

「這打扮……提爾還喜歡嗎？」

我剛才看呆到甚至忘記呼吸，這時猛然回過神來，走向她並正色說道。

「是的。無從挑剔……」

我敢說，在當下這個瞬間，世界上最華美的存在就是米亞小姐。絕不誇張。

「……太好了。好像沒有讓你失望。」

「我怎麼可能會失望……現在的米亞小姐非常漂亮，能和這樣美麗的女性結為連理，一想到這件事我就覺得很幸福，一顆心被妳牢牢抓住。」

「謝謝你。我也是，被小提的模樣迷得神魂顛倒喔。嗯，今天的小提真的很棒喔？當然平常也很帥氣。」

「啊～好了好了，可不可以別在我面前曬恩愛？」

莎拉小姐傻眼地說道，像是在抱怨「新婚夫妻就是這樣」。

不過那態度似乎只是開玩笑，下一個瞬間她又快活地笑了，拍打我和米亞小姐的肩膀。

「就這樣啦，我先去會場那邊了。我很期待典禮正式開始，好好加油喔。」

「知道了。謝謝妳幫忙，姊姊。」

「真是的，幹嘛這麼見外。我們是一家人，沒必要道謝啦。只要能把婚禮辦好，要我怎麼幫都可以。」

莎拉小姐輕輕擺了擺手，走出準備室。

「也為了回報姊姊，我們得把典禮辦好才行。」

「這是當然的。」

更重要的是，為了我們自己——

於是時間流動，結婚典禮揭開序幕。

身為新郎的我先入場，在我走向祭壇的途中，來賓盛大地迎接我。
宮廷樂團奏響的樂曲讓氣氛更加熱絡，讓會場更加升溫。
能受到這麼多人的祝福，我想這肯定是件幸福的事。
在禁忌之子受到歧視而絕望的時代，肯定無法想像。
更別說能與拯救我離開那絕望的人物，於日後攜手共度一生，更是無從挑剔。
我抵達祭壇前方後，輪到新娘入場。
隨著樂曲的音色變化，正面大門敞開。
身穿純白禮服，無論看幾次都同樣美麗絕倫的米亞小姐現身了。
我感覺到整個會場都為之屏息。
肯定是米亞小姐的魅力頓時震撼了全場吧。
堪稱完美的新娘悠然邁步，一步接一步開始走過婚禮紅毯。
據說紅毯就象徵了新娘的人生。
始自出生的瞬間，一路延伸至抵達幸福巔峰的當下。米亞小姐一步一步踩過紅毯時，也許在心中細數著過去經歷的種種。
像是童年的開心回憶，以及爭執不斷的姊妹關係。
第一次與我相遇時的往事，以及並肩作戰的經驗。

望著漸漸走向祭壇的米亞小姐，過去種種漸漸浮現我的心頭。

真的……發生了很多事。

只擁有模糊的記憶，被棄置在人類領土的童年時光。

被養父撿回孤兒院，受到米亞小姐拯救的少年時期。

成為葬擊士而活躍，卻因為捨身保護米亞小姐而讓她內疚自責。儘管這些苦澀的記憶依然雋刻於心底——

但我認為正是因為有那些過去，才會有當下。

將歷經的辛勞、痛苦與種種苦難作為墊腳石，來到了今天。

而且，今天當然也並非終點。

反倒是起點。

在煥然一新的這個世界上，我和米亞小姐將攜手走向未來。

啟程的日期，正是今天。

「小提，讓你久等了。」

最後米亞小姐走過了整條婚禮紅毯，站到我身旁。

……真是重責大任啊。

始自這個瞬間，我已經背負起米亞小姐的人生。

但我老早就已經做好了這份心理準備。

我一心一意只想與米亞小姐白頭偕老。

所以我無所畏懼，抬頭挺胸與米亞小姐面對面。

「無論在順境或逆境，健康或疾病之時——」

祭壇後方的牧師開始高聲朗誦耳熟能詳的誓詞時，我與米亞小姐四目相對。

儘管會場中有數百人同時守候，但此處彷彿是只有我們兩人的世界。我的意識平靜地只聚焦於米亞小姐，米亞小姐也全心注視著我。

我們都只凝視著彼此。要說我們在曬恩愛也無所謂，反倒是大方秀出這樣的情景，更能加深我們身為夫妻的關係吧。

「——最後是誓約之吻。」

誓詞結束，彼此交換戒指後——確認彼此愛情的時刻到了。

我毫不膽怯，向前一步靠近米亞小姐。

掀起了覆蓋那秀麗臉龐的頭紗，與米亞小姐四目相對。

「小提。」

米亞小姐突然開口。

「絕對要建立幸福的家庭喔？」

如此索求我的誓言。

「當然了。」

除了立刻點頭之外，當然也不可能有其他回答。

我本身幾乎沒有體驗過天倫之樂就度過了人生中的重要時期，若我和米亞小姐的孩子誕生了，我希望能給予最多的愛情。

如此發誓的同時，我們的臉龐彼此靠近，讓嘴唇互相重合。

鐘聲彷彿呼喚著幸福般高聲迴響，久久不散。

後記

雖然還想多寫幾本，但是在變得拖泥帶水之前結束也不錯吧？儘管懷著這樣的想法，還是不免覺得這樣的尾聲稍嫌倉促。雖然心中感觸良多，但無論如何這就是最後一集了。

有些設定使之登場後並未有意義地活用，留下了若干遺憾，不過想寫的部分都已經寫完了，神里已經算得上是幸福的作家了吧。

本故事打著大姊姊教官的名號，確實是以大姊姊女主角作為主題，不過在背後我個人選擇的主軸是「親子間的故事」。

我個人相當喜歡所謂的「壯大的親子吵架」，著名的例子就是星際大戰吧？本作品則是額外受到了日本 Falcom 公司發售的遊戲軟體「英雄傳說 閃之軌跡」系列的影響。親子間的故事充滿了劇情張力，非常有趣吧？順帶一提米亞這個角色的誕生也是源自上述遊戲的影響。

大概就這樣了，雖然還有許多話想說，不過篇幅受限就暫且先寫到這邊吧。接下來有幾項告知。第一項是本書大姊姊教官的後日譚已於網路小說網站「カクヨム」免費公開。換算成文庫小說大約有一百頁左右的分量。在各位讀到這篇後記的時候，後日譚應該已經在網路上公開了。有興趣的讀者請造訪神里的頁面。題材是新婚旅行。稍嫌失控。

此外還有另一項告知。如果一切順利的話，下個月的 Fantasia 文庫六月號會推出神里的新系列（註：此指日本發行時間）。當然主題還是大姊姊女主角，而且這次不是奇幻作品而是現代愛情喜劇。雖然閱讀感與大姊姊教官截然不同，但是喜好大姊姊女主角的讀者們應該能得到充分的樂趣才對，若有興趣還請考慮看看。

總之，對於伴隨至此的讀者們，我在此致上最高的謝意。

另外，非常感謝責任編輯與各位幕後工作人員。對小林ちさと老師更是感激不盡。包含準備期間在內一共一年又數個月，感謝老師的插畫為本故事更加添增色彩。真的非常感謝您，辛苦了。

那麼，希望能在下次的作品與各位重逢。

神里大和

4
しめさば
插畫／足立いまる
角色原案／ぶーた
刮掉鬍子的我與撿到的女高中生
Kadokawa Fantastic Novels

刮掉鬍子的我與撿到的女高中生 Each Stories

Kadokawa Fantastic Novels

作者：しめさば　插畫：ぶーた

「沙優，話說妳果然很會做菜耶。」
「啊，是……是嗎？」

從荷包蛋的吃法，吉田和沙優窺見了彼此不認識的一面；要跟意中人去看電影，三島打扮起來也特別有勁；神田忽然邀吉田到遊樂園約會……這是蹺家ＪＫ與上班族吉田的溫馨生活，以及圍繞在兩人身邊的「她們」各於日常中寫下的一頁。

NT$220/HK$73

關於我轉生變成史萊姆這檔事 1~14 待續

Kadokawa Fantastic Novels

作者：伏瀨　插畫：みっつばー

利姆路等人將直搗帝都！
超人氣魔物轉生記，高潮迭起的第十四集！

魔國聯邦順利擊退來自東方帝國的九十四萬大軍侵略！而不希望戰爭繼續擴大，利姆路決定直搗大本營帝都！他與成為帝國幹部的優樹合作，打算協助優樹發動政變篡奪皇帝寶座。然而，利姆路將因此被迫見識到與先發部隊完全無法相比的帝國真正實力……！

各 **NT$250~320/HK$75~107**

史上最強大魔王轉生為村民A 1~5 待續

Kadokawa Fantastic Novels

作者：下等妙人　插畫：水野早桜

亞德將與自己所留下的過往遺恨對峙！
「前魔王」的校園英雄奇幻劇第五集！

亞德與伊莉娜受到女王羅莎的召集，一同擔任女王的護衛參加五大國會議，造訪宗教國家美加特留姆。然而，他們遇見了過去位居魔王部下最高階的武人，當上教宗的前四天王之一——萊薩。他繼承「魔王」的遺志，企圖透過洗腦來達成世界和平……！

各 NT$220~240/HK$73~80

國家圖書館出版品預行編目(CIP)資料

讓愛撒嬌的大姊姊教官養我,是不是太超過了?/神里大和作 ; 陳士晉譯. -- 初版. -- 臺北市 : 臺灣角川股份有限公司, 2021.01
冊 ; 公分. -- (Kadokawa fantastic novels)
譯自 : 甘えてくる年上教官に養ってもらうのはやり過ぎですか?
ISBN 978-986-524-203-9(第3冊 : 平裝). --
ISBN 978-986-524-760-7(第4冊 : 平裝)

861.57 109018350

Kadokawa
Fantastic
Novels

讓愛撒嬌的大姊姊教官養我，是不是太超過了？ 4（完）

（原著名：甘えてくる年上教官に養ってもらうのはやり過ぎですか？ 4）

2021年9月6日　初版第1刷發行

作者：神里大和
插畫：小林ちさと
譯者：陳士晉

發行人：岩崎剛人
總編輯：蔡佩芬
編輯：邱瓈萱
美術設計：莊捷寧
印務：李明修（主任）、張加恩（主任）、張凱棋

發行所：台灣角川股份有限公司
地址：104台北市中山區松江路223號3樓
電話：（02）2515-3000
傳真：（02）2515-0033
網址：www.kadokawa.com.tw
劃撥帳戶：台灣角川股份有限公司
劃撥帳號：19487412
法律顧問：有澤法律事務所
製版：巨茂科技印刷有限公司
ISBN：978-986-524-760-7